KB058248

신부 생활

신부 생활

마 조 리 노 신 부 의
수 도 원 일 기

안성철 지음

시공사

내가 앉은 자리가 꽃자리

"신부님은 어릴 때 꿈이 뭐였어요?"

"왜 신부님이 되셨어요?"

이런 질문을 가끔 받는다. 내 어릴 적 꿈? 많았다.

버스에 타면 기사님 옆에서 운전하는 것을 흉내 내며 버스 운전사를 꿈꾸었고, 만화 영화를 보고 나서는 큰 배를 모는 선장이나 비행기 조종사가 되고 싶었고, 소설 『동의보감』을 읽고 감동을 받아 한의사가 되겠다는 꿈을 키우기도 했다. 이 많은 꿈을 꾸며 행복했다. 무슨 꿈이든 그것을 이루면 행복하겠다는 생각에 잠겼다.

어떤 사람이 되면 행복하게 살 수 있을까 생각하며 이런저런 꿈을 꿀 당시에 성당 활동을 열심히 하시던 어머님께서는 신부님과 수녀님들을 집에 자주 초대하셨는데, 그분들의 얼굴을 보고 있자니 '저분들, 참 행복하게 사신다.' 싶었다. 그렇게 내 꿈 목록에 신부를 추가한 지 얼마 안 되었을 때 나를 눈여겨보던 신부님이 접

근해오셨다. 매월 짜장면을 사주시며 나의 환심을 사기 시작하시더니 어느 날 "너는 꿈이 뭐니?" 하고 물으셨다. 나는 대뜸 "의사가 될 거예요." 말씀드렸다. "왜?"라고 물으시는 신부님의 질문에 "아픈 사람들을 고쳐주면 그 사람들도 행복하고 나도 행복하니까요."라고 대답했다. "그렇구나. 좋은 꿈을 가지고 있네. 그런데 아픈 몸을 고쳐주는 의사도 필요하지만 많은 사람들이 마음이 아파 힘들어하는데, 마음을 고쳐주는 의사가 되고 싶은 생각은 없니?"라는 신부님의 수준 높은 질문에 "그럼 정신과 의사가 될까요?"라고 수준 낮은 대답을 했다. 신부님은 껄껄 웃으시고는 "신부님이 되면 행복하게 살며 마음 아픈 사람들을 고쳐줄 수 있는데……." 하시며 생각해보라 하셨다.

30년 넘도록 수도원에서 행복하다. 그래서 젊은 사람만 보면 수도원으로 오라고 꼬셔댄다. 하지만 사람들은 겁을 낸다. "수도원은 싫어요." "수도원은 따분해요." "수도원은 무서워요." 그러면 나는 "아니, 살아보지도 않고 왜 그러지? 살아보면 진짜 재미있는데……."라고 말한다.

그래서 생각했다. 수도원에서 살아가는 우리가 얼마나 재미있게 지내는지 보여주겠다고. 뻥 치지 않고 진짜 리얼한 이야기를 들려주겠다고.

많은 분들이 수도원에서 일어나는 소박한 일상 이야기를 들으면서 행복을 맛보았으면 좋겠다.

수도원 사제가 되는 과정

교구 사제와 수도원 사제의 신학교 입학

가톨릭 사제가 되기 위해서는 반드시 신학교에 들어가서 공부해야 한다. 신학교 입학시험을 치르기 위해서는 추천서가 있어야 하는데, 이때 교구 사제가 될지, 수도원 사제가 될지 결정해야 한다. 왜냐하면 교구 사제와 수도원 사제가 되기 위한 추천서의 종류가 다르기 때문이다.

교구 사제가 되고 싶다면 교구의 예비 신학생 모임에 꾸준히 참여한 뒤 본당 주임 신부의 추천서를 받아서 신학교 입학시험을 치르게 된다. 시험에 합격하면 신학교에서 교구 사제가 되기 위한 양성 과정을 거쳐서 부제품과 사제품을 받게 된다.

반면에 수도원 소속 사제가 되겠다면, 가고 싶은 수도원의 성소자 모임_{교구의 예비 신학생 모임과 비슷하다}에 나가야 하고, 수도원 원장 신부의 추천서를 받아서 신학교 입학시험을 치러야 한다.

수도원의 초기 양성기

수도원 원장 신부의 추천으로 신학교 입학시험을 치른 뒤 합격하게 되면 수도원에서 살면서 신학교를 다니고 부제품과 사제품을 받게 된다. 그런데 수도원은 입회해서 종신서원을 할 때까지 여러 단계의 양성 과정을 거친다.

수도원에 입회한 첫 해에는 '지원자'로서 인문학 등의 기초 교육을 받는다. 그리고 다음 해에는 '청원자'가 되어서 기초 교육 외에 수도원에서 자체적으로 진행하는 신학 수업을 받게 된다. 3년 차가 되면 '수련자'가 되어 첫 서원청빈·정결·순명 서약을 하기 전에 집중적으로 영성 교육을 받는다. 이 지원기, 청원기, 수련기 3년을 '초기 양성기'라고 한다.

유기서원과 종신서원

수련기를 마치고 나면 유기서원기에 돌입하는데, 말 그대로 특정한 기한을 두고 서원을 하는 것을 뜻한다. 유기서원기 때는 매년 서약을 갱신해서 총 6년의 시간을 보낸다. 유기서원 기간 6년을 다 마치면 종신서원을 한다. 종신서원은 일생을 마칠 때까지 청빈과 정결, 순명을 지키며 하느님께 자신을 바치겠다는 서약을 하는 것이다. 이 때부터 완전한 의미에서 정식으로 수도자가 된다.

수사 신부와 평수사

수도원 수도자에게는 평수사와 수사 신부의 길이 있다. 종신서원을 했지만 사제가 되고 싶지는 않은 분들은 평수사의 길을 가고, 수사 신부가 되고자 하는 이는 종신서원까지 하고 신학교 교육을 이수한 뒤에 부제품과 사제품을 받는다. 수사 신부 지망자는 대체로 유기서원 기간6년 동안 교구 신학교에서 수업을 듣는다. 물론 수도원에서 통학한다.

수도원 내에서 평수사와 수사 신부의 의무와 권리는 똑같다. 다만 수사 신부는 미사를 집전하는 등 성무聖務의 의무가 더해진다.

수도명 마조리노

나의 세례명은 미카엘이다. 마조리노는 수도명으로, 첫 서원을 할 때 원장 신부님이 정해주셨다. 수도원 수사들은 세례명 외에 수도명을 가지고 있다.

마조리노는 우리 바오로 수도회가 설립된 초창기 시절의 회원인데, 12살에 수도원에 들어와 청원기를 보내던 14살 때 돌아가셨다. 덕망이 높고 사후에 기적이 많이 일어나서 가경자로마 가톨릭에서 덕망과 신앙이 뛰어난 이에게 내리는 칭호이자, 시복 후보자에게 내리는 존칭로 선포되었다. 더 많은 조사가 이루어져 기적이 드러난다면 복자품이나 성인품에 오를 것이다.

차 례

행복하여라

기뻐하고 즐거워하여라

짜장면 미끼

1987년, 열여덟 살 고등학교 2학년 때였다. 성당의 선배 형이 좋은 모임이 있으니, 같이 가자고 했다. 그 형은 성당에서 복사로 봉사하고 학교에서도 우등생이었다. 평소 존경하던 형의 초대에 기쁜 마음으로 응답했다.

모임에는 내 또래 학생들과 형, 누나들이 있었다. 성가를 부르고 성경 묵상과 나눔도 하며 마지막에는 파견 미사까지 이어지는 좋은 모임이었다. 더욱 좋았던 일은 모임 후에 지도 신부님께서 고등학생들만 따로 모아서 짜장면을 사주신 것이었다.

그렇게 즐거운 마음으로 모임에 나간 지 일 년쯤 되었을 때였다. 지도 신부님께서 짜장면 회식 끝에 신학교 갈 준비는 잘들 하고 있느냐고 물으셨다. 너무 놀란 내가 신학교 갈 생각은 해보지도 않았다고 말씀드렸더니, 지도 신부님께서는 그럼 왜 지금까지 짜장면 회

동에 참석했느냐며 짜장면 값을 물어내라고 하셨다. 일 년치 짜장면 값을 물어낼 능력이 없었던 나는 어쩔 수 없이 신학교에 들어갈 수밖에 없었다.

물론 신부님께서 짜장면 값을 물어내라고 하신 것은 농담이었다. 여기 친구들은 대부분 신학교에 갈 생각을 하는데 너는 장래 희망이 무엇이냐고 지도 신부님께서 물으셨을 때, 나는 의사가 되고 싶다고 말씀드렸다. 나는 어릴 때 병치레를 많이 했다. 훌륭한 의사 선생님들 덕을 많이 보았기에 나도 의사가 되어서 환자들을 치료해 주고 싶다는 생각을 했던 것이다. 신부님께서는 사람의 육신을 치료하는 의사도 좋지만 마음과 영혼을 치유할 수 있는 의사가 턱없이 부족하다며, 영적 의사인 사제가 되는 것은 어떨지 생각해보라고 하셨다.

그 이후 나는 무서워서 그 모임에 나가지 않았다. 수줍음 많고 말도 어리숙한 내가 평생 사제로 살아갈 생각을 하자 도무지 엄두가 나지 않고 두려웠다. 다만 신부님께서 기도하며 생각해보라고 하셔서 기도는 많이 했다.

그러던 중 성모님께서 천사 가브리엘로부터 사명을 받았을 때 몹시 두려워하시는 중에도 하느님께서 도와주시면 불가능이 없다는 약속을 믿으며 "예."라고 응답한 성경 말씀을 묵상하게 되었다. 나 자신이 부끄러웠다. 내 능력만 생각하며 불가능하다고 지레 겁을 먹었던 나에게는 성모님의 순명을 이끌어낸 믿음이 없었던 것이다. 그 묵상과 기도 이후 성모님처럼 하느님의 보살핌과 능력을 믿게 되었고, 내 안의 두려움도 사라졌다.

　사제가 되는 것은 내 힘이 아니라, 하느님께서 이루어주시는 것임을 깨달았다. 그렇게 나는 지도 신부님의 초대에 응답했고, 19살의 나이에 수도원에 들어가게 되었다.

선택의 기로

신학교에 들어가기로 마음먹자, 현실적으로 결정해야 할 일들이 꽤 많았다. 먼저 교구 사제가 될 것인지, 아니면 수도회 사제가 될 것인지를 결정해야 했다.

교구 소속 사제와 수도회 소속 사제?

얼핏 생각하기에는 같은 사제이니까 별로 고민할 것도 없어 보이지만, 사제로서 살아가는 방식이 크게 다르다. 게다가 사제가 된 뒤에 결정하면 되는 것이 아니라, 애당초 신학교 지원할 때 결정해야 하는 문제여서 사제에 대해 잘 모르는 나로서는 고민이 많았다. 그래서 시작하게 된 작업이 나 자신에 대해서 알아보는 것이었다.

나는 어떤 결정을 내리는 데 있어 주저할 때가 많고 리더십도 탁월하지 않으며 강인한 성격의 소유자가 아니다. 따라서 아무래도 교구 사제보다는 수도회 사제가 되어야겠다고 생각했다. 물론 결정력과 리더십이 약하면 무조건 수도회 사제가 되어야 한다는 말은 절대 아니다. 나는 그저 공동체 생활을 하는 것이 좋았고, 공동체가 나의 울타리가 되어줄 수 있다는 생각에 수도 공동체를 택한 것이었다. 지금도 수도회의 삶을 선택하기를 잘했다고 생각한다. 학교 다니는 아이들이 때때로 자유와 참된 자신을 찾기 위해 가출을 하는 경우가 있는데, 나는 진정한 자유를 누리고 나 자신을 찾으며 하느님을 따르기 위해 가출이 아니라 출가를 결심한 것이었다.

이렇게 수도회 소속 사제가 되리라고 결심하니, 또 다른 결정을 내려야 했다. 그렇다면 어떤 수도회로 갈 것인가? 수도회는 많다. 그중에 내가 평생을 의탁할 수도원은 어떤 곳인가? 진지하게 고민해야 한다.

하지만 사실 나는 무언가를 진지하게 고민하는 성격이 아니다. 그래서 택한 곳이 집에서 가장 가까운 바오로 수도원이었다. 어머니도 수도원 미사에 자주 가셨고, 형님도 수도원에서 수사로 계시니 깊이 고민할 이유가 없었다. 정말 깊이 숙고하고 신중하게 선택한 수도원에서도 몇 년 살다가 떠나는 이가 많은데, 나는 숙고와 신중함 없이 택한 수도원에서 30년을 살고 있으니, 이것도 하느님 뜻인가 보다.

개 선배

드디어 수도원에 들어가는 날이 왔다.

긴장도 되고 새롭게 시작되는 수도원의 삶에 대한 기대와 설렘으로 잠을 설쳤다. 짐이라야 옷가지와 책 몇 권 정도. 수도원 수사님들이 반갑게 맞아주셨다.

수도원에는 입회한 지 얼마 안 되는 지원자, 일 년을 보낸 청원자 그리고 본격적으로 수도 생활을 하는 수련자와 유기서원자, 종신서원자 등 대략 마흔 분 정도가 계셨다. 많은 수사님들이 각자 자기소개를 하시면서 인사를 건네셨다. 안 그래도 머리가 나쁜 나는 한 분 한 분 일일이 기억할 수가 없었다. 시간이 지나면서 천천히 알게 되겠지, 생각하며 인사를 나누는데, 아직 인사해야 할 분이 계시다며 나를 수도원 뒷마당 쪽으로 데리고 갔다. 이번에는 또 누구실까 하며 긴장된 마음으로 따라갔다.

헐, 그분은 바로 수도원에서 키우는 개였다. 이름은 아름이. 하얗고 체구가 작았다. 나를 아름이에게 데리고 간 수사님께서 말씀하셨다.

"인사드려라. 종신서원자 아름이시다."

종신서원자 아름이라고? 나는 터져 나오려는 웃음을 참느라 애썼다. 하지만 수사님은 웃을 일이 아니라시며, 아름이는 수도원에 산 지 8년째이니까 나보다 훨씬 선배라고 하셨다. 게다가 8년을 살았으니 종신서원자 서열이라고 하셨다. 그래 맞다. 나보다 선배네. 나는 아름이에게 후배로서 예를 갖추고 정중히 쓰다듬어드렸다.

다음 날 나는 아름이가 정말 수도원 선배라는 사실을 확인할 수 있었다. 아침 기도, 저녁 기도 시간이면 성당 문 앞에 앉아 있는 아름이를 보고 놀라지 않을 수 없었다. 아, 아름이도 수도원 규칙을 잘 지키는구나…….

그래, 수도원에 있는 모든 분들, 아름이도 소나무도 토끼들도 다나의 선배다. 그때 갑자기 못된 생각이 머리를 스치고 지나갔다. 나에게는 언제쯤 후배에게 인사를 받는 날이 오려나?

뭐 하고 사는지?

수도원 생활은 진짜 재미난다. 매일 반복되는 일과가 지루하지 않느냐고 생각하는 사람들이 많은데, 나에게는 하루하루가 새롭고 재미있다.

아침에 일찍 일어나는 것도 워낙 몸에 배어서 문제가 되지 않는다. 나는 아주 어릴 때부터 약수터에 물을 길으러 가는 역할을 맡았기 때문에 새벽에 일어나는 일에는 적응이 되어 있었다. 6시에 시작되는 기도 시간도 다 함께 아름다운 선율로 성무일도를 바치니 즐겁다. 단지 침묵 중에 성체 조배하는 시간에는 졸음이 쏟아져서 옆으로 쓰러질 뻔한 적도 있지만, 그것도 베드로식 기도라는 선배 수사님의 농담 섞인 말씀에 위안이 된다.

수도원의 밥은 또 왜 그리 맛나는지. 사실 수도원 들어오기 전에도 수도원 밥을 가끔 얻어먹었다. 특히 큰 축일에 수도원에 방문하면 특별식으로 스파게티가 나왔는데, 그 맛이 환상적이었다. 그래서 수도원 들어가면 이 맛있는 스파게티를 맘껏 먹을 수 있겠구나 싶어 수도원에 들어가야겠다는 생각을 한 적도 있었다.

식사 후에 이어지는 설거지 시간도 재미있다. 설거지할 때는 모두가 묵주 기도를 바치며 하는데, 손에 묵주를 들 수 없으니 성모송할 때마다 번호를 붙인다. 열 번의 성모송을 하는데 첫 번째 성모송때 "하나, 은총이 가득하신~", 두 번째 성모송 때 "둘, 은총이 가득하신~" 이렇게 한다. 때로는 헷갈려서 열한 번이나 열두 번 할 때도 있는데, 그건 성모님께서 덤으로 받아 가시겠지.

사도직 시간에는 각자 일터와 사도직장으로 내려간다. 어떤 수사님은 보급소에서 열심히 선책을 하고 어떤 수사님은 열심히 원고 교정을 보고 어떤 수사님은 서점에 출근하시고…… 다들 바쁘다. 월급도 안 나오는데 다들 기쁘게 열심히 일하신다.

사도직을 다 마치면 저녁 기도 시간이다. 저녁 기도 때에도 성체조배를 하는데 역시 또 베드로식 기도를 하고 앉았다. 아침에는 잠이 덜 깨서, 저녁에는 피곤해서 계속 베드로식 기도를 한다.

저녁 식사 후에는 각자 하루 일과를 정리하면서 쉰다. 또 시작될 내일을 위해 주님께 감사드리며 잠을 청하는데, 옆방 수사님은 벌써 코를 골기 시작한다.

수도원 운동

수도원에서 수사님들이 하는 개인 운동에는 걷기, 자전거 타기 등이 있고 단체 운동에는 등산과 축구가 있다. 평일에는 빡빡한 일과로 등산이나 축구를 못하고 개인 운동 위주로 하지만 주말에는 삼삼오오 짝을 지어 등산도 하고 10명 이상이 되면 이른바 '물통축구'라는 것을 한다.

물통축구는 정식 축구장이 없는 우리 수도원에서 개발한 기가 막힌 축구 방식이다. 수도원 마당의 차를 한곳으로 모아 주차한 후 나머지 공간에서 하게 되는 미니 축구인데, 골대가 따로 없어서 양쪽 진영에 한 말짜리 플라스틱 물통을 갖다 놓고 그 물통을 공으로 맞히면 골이 인정되는 희한한 축구다. 좁은 공간에서 5명씩 편을 갈라 열심히 공을 좇아다니다 보면 온몸이 금세 땀으로 범벅이 되는 정말 효과 만점의 운동이다. 그러나 한 가지 단점은 실제 정식 축구장에 가면 늘 좁은 곳에서 축구하던 감각 때문에 적응이 안 된다는 것이다. 실제로 다른 수도회 수사님들과 정식 축구장에서 시합을 했다가 10점 넘게 골을 먹고 비참하게 패배한 적도 있다. 정식 축구장이 없음을 개탄하게 되는 순간이었다.

등산은 주로 수도원에서 가까운 북한산 국립 공원으로 간다. 지금은 국립 공원 입장료를 받지 않지만 예전에는 입장료를 받았다. 입장료 받는 시간이 아마 9시부터였던 것 같다. 우리는 그 입장료를 아끼려고 주로 9시 이전에 입구에 있는 매표소를 통과했다.

어느 주말, 수사님들이 등산을 가게 되었다. 아침에 서둘러 설거지를 끝내고 등산 준비를 한 후 부지런히 북한산으로 향했다. 시간은 8시 30분쯤. 국립 공원 입구를 향해 열심히 걷던 중 좁은 숲길에 접어들었다. 길이 좁아 모두 한 줄로 서서 걷는데 빨간 모자를 눌러 쓰신 아저씨 한 분이 뭐가 그리 급하신지 우리 어깨를 툭툭 부딪치면서 추월하셨다. 우리는 아저씨가 무슨 급한 일이 있으신가 보다 하고 양보를 하여 길을 내어드렸다. 그렇게 아저씨는 우리 모두를 추월하셨다. 참 걸음도 빠르셨다.

잠시 후 우리는 그 아저씨의 급한 일이 무엇이었는지 바로 알게 되었다. 아저씨는 바로 우리 눈앞에서 매표소 문을 여셨고 우리에게 입장료를 내라고 하셨다. 아, 그 아저씨에게 추월을 허락하는 게 아니었는데……

별명

누구나 별명 하나쯤은 다 가지고 있을 거다. 내 어릴 적 별명은 안성탕면이었다. 이름이 안성철이기 때문에 친구들이 안성탕면이라고 불렀다. 그리고 지금 별명은 마쪼니다. 수도명이 마조리노라서 한때 히트 쳤던 야쿠르트 마쪼니라고 수사님들이 부른다.

이름 따라 생김새 따라 성격 따라 별명은 참 다양하게 붙여진다. 그래서 재미있는 별명들이 많다.

백 수사님은 행동이 느리고 우직해서 곰이라는 별명을 달고 산다. 백씨 성을 가진 곰이니 백곰이라고 부른다. 백곰 수사님은 위 건강을 위해 구운 마늘을 몇 쪽씩 꽤 오랫동안 먹고 있었다. 나는 농담으로 백곰 수사님께 "마늘을 10년 동안 먹어도 어찌 인간이 안 돼요?" 하고 장난스럽게 물었다. 백곰 수사님이 대답하셨다. "이건 생마늘이 아니잖아요." 와, 끝내주는 위트다! 그래 맞아. 단군 신화에 나오는 곰은 생마늘을 먹었지. 또 다른 수사님은 별명이 도마뱀이다. 도마토마스라는 세례명을 가지고 있고 띠도 뱀띠여서 도마뱀이라고 부른다.

어느 날 수사님들이 단체로 식당에 간 적이 있었는데 도마 수사님은 밖에서 누군가 통화하느라 한참을 들어오지 않았다. 그래서 모 수사님이 "얼른 도마뱀 데리고 들어와." 하고 말했더니 식당 주인아주머니가 화들짝 놀라면서 "식당엔 애완동물 데리고 들어오면 안 돼요." 하셨다. 더군다나 도마뱀, 파충류라고 생각하셨으니 얼마나 놀라셨을까? 우리는 "괜찮아요. 위험하지 않아요." 하고 농담으로 말하는데 마침 도마뱀 수사님이 통화를 마치고 들어오셨다. 우리가 "도마뱀, 빨리 들어와서 주문해야지." 했더니 주인아주머니가 "저 사람이 도마뱀이에요?" 하며 황당해하시더니 엄청 웃으셨다. 그리고 아주머니가 재미있다며 도마뱀 수사님에게는 밥값을 안 받으셨다. 좋은 별명 때문에 밥까지 공짜로 얻어먹다니 부럽다.

별명은 애칭이라고들 한다. 듣는 사람도, 부르는 사람도 기분 나쁘지 않게 재미있고 사랑스런 별명들이 많았으면 좋겠다.

성령 세 마리

많은 사람들 앞에서 이야기를 한다는 건 쉽지 않다. 강론을 하건 브리핑을 하건 실수하지 않고 말을 이어간다는 건 베테랑이 아닌 다음에야 늘 긴장되는 일이다. 나도 지금 라디오 방송을 진행하고 있지만 늘 떨리는 마음으로 진행하다 보니 실수를 하기 마련이다. 수도원에서도 여러 가지 행사가 많은데 행사를 진행하다 보면 실수 연발일 때가 많다. 축하 행사 진행 때에도, 강론을 할 때에도, 회의를 진행할 때에도 마찬가지다.

성령 강림 대축일 때의 일이다. 모든 수사님들이 성령 강림 대축일을 맞아 마당에 모여 성령께 자신을 봉헌하고 수도회를 봉헌하는 등 각자 기도를 봉헌하는 행사를 가졌다. 각 그룹에서는 봉헌할 상징물들을 만들어 설명하였다. 그룹마다 정성스럽게 준비한 봉헌물들을 보여주며 진지하게 설명을 해주었다.

수련 그룹에서는 우리나라 지도를 큰 도화지에 그려 왔다. 남과 북으로 갈라진 우리나라 지도의 분단선을 지우고 통일된 우리나라 지도에 비둘기 세 마리가 북으로 향해 날아가는 그림이었다. 우리는 그 지도를 보며 어떤 의미로 그 상징물을 봉헌하는지 감을 잡을 수 있었다. 분단된 우리나라를 성령께서 일치의 끈으로 묶어 통일된 나라가 되게 해달라는 기도를 그림으로 그린 것이다.

설명을 듣지 않아도 이해할 수 있는 상징물이었지만 그래도 설명을 들어야 했기에 한 수련 형제가 찬찬히 상징 봉헌물을 설명하기 시작했다. "수사님들, 여기 보이는 우리나라 지도는 통일된 우리나라의 지도를 상징하는 것이구요, 여기 성령 세 마리는 비둘기를 상징하는 것입니다." 어라! 뭐가 좀 이상한데? 성령 세 마리가 비둘기를 상징한다고? 비둘기 세 마리가 성령을 상징하는 거 아냐? 여기저기서 쑥덕쑥덕, 킥킥 웃음소리……. 수련 형제는 얼굴이 빨개져서 어쩔 줄을 몰라 했다. 형제님, 당황하셨어요? 괜찮아요. 우린 다 알아들었어요.

TMI

너무 많은 정보, 굳이 알려주지 않아도 될 정보를 일컬어 TMI라고 한다. 채팅 용어로, too much information의 약어다. 꼭 필요하지 않은 정보를 필요 이상으로 남발할 경우에 쓰는 말이다. 궁금한 것이 있어서 누군가에게 질문을 하면 간단히 핵심만 이야기하면 될 것을, 너무나 장황하게 설명하거나 핵심 없이 지루하게 설명해줄 때 TMI라고 한다.

수도원에서는 모든 수사들이 식당에서 그룹별로 앉아 식사를 한다. 식사를 하면서 이런저런 이야기를 나누는데, 이쪽 그룹에서 어떤 주제를 가지고 이야기를 시작하면 어느새 다른 그룹에서도 똑같은 주제로 이야기하기 시작한다. 새로 나올 책에 대한 이야기며 세상 돌아가는 이야기 등등. 이런 식으로 어느 그룹에서 어떤 주제를 꺼내면 금세 모든 그룹에 똑같은 내용이 돌아다닌다. 재미있다.

매일 같이 앉아서 식사를 하다 보니 딱히 새로운 주제가 없어서 심심하게 밥을 먹다가 누군가 새로운 이야기를 꺼내면 마치 먹잇감을 두고 달려드는 독수리 떼처럼 모여들기 시작한다. 서로 할 말이 참 많다. 열변을 토한다.

하루는 아침 식사 때 볼일이 있어서 가야 하는 곳의 지리를 잘 몰라서 어떻게 가야 목적지에 빨리 갈 수 있는지 옆 수사님께 물어보았더니, 전철을 타고 이렇게 저렇게 가라고 일러주셨다. 그랬는데 앞에 있는 수사님께서 그것보다는 버스를 타고 이리저리 가는 게 더 빠르다고 가르쳐주셨다. 이렇게 논쟁이 시작되었다. 여기저기서, 이 그룹 저 그룹으로 그 목적지에 어떻게 가야 하는지를 두고 열띤 토론이 벌어졌다. 나는 이미 첫 번째 수사님이 가르쳐준 대로 전철을 타고 가려고 마음먹었는데, 여러 수사님들이 열을 내며 이렇게 가라, 저렇게 가라 훈수를 두니 정신이 혼미해져서 그냥 식당에서 나왔다.

외출 준비를 마친 뒤 서둘러 내려오며 식당에 가서 물이라도 한 잔 마시려고 들어갔더니, 웬걸…… 수사님들이 둘러앉아서 아직도 그 목적지에 어떻게 가는지를 두고 이야기를 하고 있었다. 이런, 내가 큰일을 냈구나. 설마 오늘 저녁 식사 때도 이 주제로 이야기를 나누는 건 아니겠지…….

악기

수도원에서는 한 사람이 악기 하나씩은 연주하도록 권한다. 취미 생활로도 좋지만 교양을 쌓기 위해서도 악기 배우기를 추천한다. 나는 어떤 악기를 연주할까 고민하다가 선택한 것이 기타다. 어릴 때 학교 수업 시간에 하모니카와 피리를 배우기도 했지만, 썩 잘하는 편은 아니었다. 앞으로 어떤 악기를 새롭게 배워볼까 고민하다가 걸어 다니는 오케스트라라고 할 만큼 효과적인 악기가 기타라고 생각해서 선택했다. 어디를 가든 기타 하나 둘러메고 다니면 여럿이 노래를 부를 수 있으니 참 좋은 악기라는 생각이 들었다.

학원에 다닐 상황은 못 되어서 혼자 독학으로 익혀야 했는데, 그게 생각처럼 쉽지 않았다. 책을 보고 아무리 연습해도 소리가 제대로 안 나고 매일같이 연습을 해도 제자리걸음인 것 같아서 포기하고 싶은 때가 한두 번이 아니었다. 그래도 포기하지 않고 열심히 독학하여 마침내 노래 한 곡을 연주할 수 있는 날이 오자, 눈물이 글 썽거릴 정도로 감격했다. 그렇게 손이 부르트도록 노력한 결과 1년 만에 성가 반주도 하게 되고 가요도 연주하게 되어서 공동체에 조금이나마 도움이 될 수 있었다.

다른 수사님들도 각자 악기 하나씩 선택해서 배우는데 어떤 수사님은 대금을, 어떤 수사님은 해금을, 어떤 수사님은 드럼을 배우기 시작했다. 각자의 능력에 따라 배우는 기간은 천차만별. 어떤 수사님은 몇 달 만에 익힌 것을 다른 수사님은 3년이 걸려도 소리조차 내지 못하는 경우도 있었다. 특히 해금을 연주하는 수사님은 연습 때마다 귀신 울음소리를 내는 바람에 눈총을 많이 받았다. 아무리 방해 안 되게 숨어서 연습한다 해도 귀신 울음소리는 수도원의 벽을 타고 흘러만 갔다.

그런 어느 날 수사님이 드디어 해금으로 곡을 하나 연주할 수 있게 되었다고 자랑했다. 제목을 물어보니 〈목마른 사슴〉이라는 성가였다. 그래서 영성체 후의 묵상 곡으로 들려달라고 부탁했는데, 혹시나가 역시나였다. 사슴이 목마르다 못해 거의 죽어가는 형국이었다. 어찌나 음악이 처지고 처절한지 불쌍한 사슴 생각에 울어야 할지 웃어야 할지 모른 채 영성체 후 묵상을 하게 되었다. 그래도 미사가 끝난 뒤에는 매우 감동적이었다고 칭찬해주었다. 그랬더니 수사님은 한껏 고무되어서 다음에 또 다른 곡을 준비해서 들려준단다. 그냥 솔직히 말씀드릴 걸 그랬나?

보이는 것을 희망하는 것은 희망이 아닙니다.
보이는 것을 누가 희망합니까?
우리는 보이지 않는 것을 희망하기에
인내심을 가지고 기다립니다.
로마 8, 24-25

불이야!

수도원에서도 이런저런 안전사고가 가끔 발생한다. 교통사고가 난 적이 있었고 도둑을 맞은 적도 있었으며 수해를 입은 적도 있었다. 하지만 그렇게 사고가 나도 다행히 주님께서 도와주셔서 큰 인명 피해나 재산 피해는 면할 수 있었다.

한번은 수도원에 불이 난 적이 있었다. 아침 미사가 끝나고 모두가 조용히 성체 앞에 앉아 그날의 복음 말씀을 묵상할 때였다. 수련을 받고 있는 수련자 형제가 제의실에 무엇인가를 정리하러 갔다가 불이 난 것을 발견했다.

수련자는 '수도원의 꽃'이라고도 하는데 누구보다도 자주 기도하고 몸가짐을 삼가는 사람이라 우당탕탕 뛰지도 못하고 살며시 성당 문을 열고 들어왔다. 말씀을 묵상하는 시간에는 모두가 조용히 침묵 중에 기도를 하고 있어서 방해하기가 좀 그랬나 보다. 발자국 소리도 죽인 채 원장 수사님께 가서 작은 소리로 "수사님, 불이 났어요." 하고 말씀드렸다. 원장 수사님은 "뭐라고?" 하며 다시 물어보셨다. "제의실에 불이 났다고요." 원장 수사님은 수련자 형제가 너무 조용히 말을 해서 믿어지지가 않았는지 "진짜로?" 하고 되물으셨다. 수련자 형제는 "네, 진짜 불이 났어요. 제의실에서요."라고 말했다.

원장 수사님이 수련자 형제를 따라 소리를 죽인 채 제의실에 갔더니…… 아, 진짜!

연기가 시커멓게 제의실을 가득 채운 채 불이 나고 있었다. 원장 수사님은 당장 성당 문을 열어젖히고 "불이야!" 하고 외쳤다. 화들짝 놀란 수사님들이 뛰어나와 각자 급한 대로 물을 떠오기 시작했는데, 어떤 수사님은 종이컵에, 어떤 수사님은 대접에, 다들 당황한 탓에 아무 용기에나 물을 담아온 것이다. 그런데 그 와중에 불이 났다고 알린 수련 수사님이 침착하게도 소화기를 가져와서 능숙하게 불을 제압했다. 다들 놀란 가슴을 가라앉히고 나서 각자 아무렇게나 들고 온 물컵이며 대접을 쳐다보며 멋쩍게 웃었다. 그리고 너무나도 조용히 불이야, 하고 외친 수련 수사님을 보고도 아무도 나무라지 못했다. 결국 불을 끈 사람은 그 조용하고 침착한 수사님이었으니까.

떠나가는 형제

수도원에서 살다 보면 더 이상 수도 생활을 하지 못하고 떠나는 형제들이 있다. 스스로 떠나는 경우가 있는가 하면 쫓겨나는 경우도 있다. 스스로 떠나는 경우는 결혼을 하고 싶어서이거나 자기가 생각했던 수도원의 삶과 실제 수도원의 생활 사이에 괴리감을 느껴서이다. 쫓겨나는 경우는 수도원의 규칙을 심하게 어겼거나 공동체 생활에 지장을 줄 정도로 성격이 모나서 형제애를 해칠 때 내보내게 된다.

수도원을 떠나는 형제를 처음 겪었을 때는 나도 무척 힘들었다. 정말 친하게 지내던 형제였기에 그가 수도 생활을 포기하고 떠날 때 하늘이 무너지는 느낌이었다. 그 형제는 어쩌다가 한 자매님을 사랑하게 되었고, 그래서 수도원을 떠나겠다고 하였다. 나는 어떻게 해서든 그 형제를 수도원에 붙들어두려고 설득했지만, 소용없었다.

그 형제는 수도원에서 수도 생활을 하면서 많은 사람을 사랑해야 한다고 하지만, 정작 사랑해야 할 한 사람을 제대로 사랑하지 못하는 것은 하느님의 뜻이 아닌 것 같다고 했다. 한 사람도 제대로 사랑할 줄 모르면서 어떻게 많은 사람을 사랑할 수 있겠느냐는 것이 그 형제의 논리였다. 아, 어떻게 하면 그 형제를 설득해서 나가지 않게 만들까 고민도 하고, 때로는 그 자매님이 미워지기도 하고, 또 그 형제를 적극적으로 말리지 않는 수도원의 형제들이 야속하게 느껴져서 정말 힘들었다.

하지만 곰곰이 생각해보니 그 형제의 말도 맞는 것 같았다. 그리고 하느님께서 허락하신 사랑이라면 그 또한 아름다운 것이고 축복해줘야 할 일 아닌가. 내가 그 형제와 평생 같이 살려고 수도원에 들어온 것도 아니고, 수도 생활을 통해 하느님께로 가겠다는 것이 원래의 목표였기 때문에 하느님의 자리에 그 형제를 앉히는 것도 아니다 싶었다. 그래서 마음은 많이 아프지만 그 형제를 놓아주는 것이 하느님의 뜻이라고 생각하니, 마음이 조금은 편해졌다.

떠나가는 형제도 떠날 수밖에 없는 이유가 있겠지, 그리고 형제가 떠나가는 이 사건 속에도 내가 감히 헤아릴 수 없는 하느님의 깊은 뜻이 있겠지……. 눈물이 고이고 가슴이 먹먹해지는 걸 막을 수는 없지만 떠난 형제가 사랑이신 하느님의 품에서 행복하기만을 기도해본다. 잘살아라.

교통사고

수도원에서는 각 그룹별로 휴가를 떠난다. 휴가 때 개인적으로 시간을 내서 본가를 방문하기도 하지만, 공동 휴가 때는 대체로 그룹 공동체가 함께 휴가를 간다. 초기 양성기 때는 그룹별로 휴가를 갈 때 마냥 놀러 가는 것이 아니라 봉사 활동을 겸한다.

내가 청원기 때는 친환경 벼농사를 짓는 시골 공소로 농촌 봉사 활동 겸 휴가를 떠나게 되었다. 약을 치지 않고 벼농사를 지어서 논에 피라고 부르는 잡초가 많이 자라는데, 그걸 제거하는 작업을 도와드리기로 한 것이다.

4일간의 봉사 활동을 위해 챙겨야 할 짐이 많았다. 각자 개인 짐을 챙기고 공소에서 지내는 동안 쓸 이불이며 그릇 등도 잔뜩 챙겨 승합차 2대에 나누어 싣고 길을 떠났다. 봉사 활동을 가는 것이기는 하지만, 오랜만에 수도원을 떠나 며칠 지낼 생각에 다들 들떠서 준비해 간 카세트테이프를 틀어 노래도 듣고 따라 부르며 신나게 고속도로를 달리고 있었다. 그런데 갑자기 '펑!' 하는 소리와 함께 앞 타이어에 펑크가 나면서 차가 이리저리 중심을 못 잡고 흔들리기 시작하더니, 급기야 중앙 분리대를 들이받고서 구르기 시작했다. 하늘이 보이다가 도로가 보였다가⋯⋯. 몇 바퀴를 굴렀을까. 다행히 차가 오른쪽으로 구르다가 갓길 옹벽을 들이받고 제대로 섰다. 차는 앞, 뒤, 옆 유리가 다 깨지고 차체도 다 찌그러진 채 처참한 몰골로 변해 있었다.

다들 갑자기 벌어진 사고에 정신이 혼미해졌지만, 이내 정신을 차리고 차 밖으로 나왔다. 다행히 다친 사람은 한 명도 없었다. 정말 기적이었다. 하느님의 보호하심에 감사하며 화살기도를 바치는데 바로 견인차가 달려왔다. 견인차 기사님은 부서진 차를 보더니 엄청 놀라시면서 다친 사람이 없는지 살펴보셨다. 아무도 다친 사람이 없는 것을 확인한 기사님은 이건 기적이라며 놀라셨다.

차는 형편없이 망가져서 결국 견인차에 끌려 폐차장으로 향하고, 수도원 수사님들은 가슴을 쓸어내리며 수도원으로 복귀하는 게 어떻겠느냐고 하셨다. 그러나 우리는 다친 사람이 없으니 현장으로 온 수사님 차를 타고 공소로 가서 봉사 활동도 하고 휴가를 보내기로 했다. 수도원으로 돌아가면 휴가가 취소될 수도 있으니, 그냥 휴가를 가는 게 낫겠다고 생각했다. 참 넉살도 좋다. 죽을 뻔했는데도 휴가는 포기할 수 없다. 수호천사가 지켜주셨으니 또 노래를 부르며 공소로 간다.

피를 뽑자!

교통사고로 죽을 뻔한 위기를 겪고도 모두 무사했던 우리는 공소 회장님과의 약속을 지키기 위해 공소로 향했다. 공소 회장님께 서는 일손이 부족한 때에 건장한 수사님들이 일을 도와주러 와서 매우 기뻐하시면서 미리 고맙다고 인사하셨다. 또 오는 길에 교통사 고까지 당했으니 얼마나 놀라셨느냐며 일단 몸보신부터 하고 내일 부터 일을 시작하자고 하신 뒤 삼계탕을 내어주셨다. 시골에서 먹 는 삼계탕 맛은 정말 끝내주었다. 일도 시작하기 전에 맛있고 영양 가 높은 삼계탕을 대접받아서 미안하기도 했지만 물 들어올 때 노 저으랬다고 일단 맛있게 뚝딱 먹어치웠다.

다음 날 아침 일찍 미사를 봉헌하고 공소 회장님을 따라 논으로 향했다. 아침부터 햇살이 따가웠다. 논에 도착한 순간, 입이 쩍 벌어 졌다. 논이 축구장보다 더 넓었다. '헐, 꽤 넓군.' 하며 슬슬 걱정하기 시작하는데 공소 회장님이 어떤 작업을 해야 할지 설명해주셨다. 유기농법으로 농사를 짓기 때문에 약을 치지 않아서 피라는 잡초가 많다며 그걸 뽑아내야 한다고 하셨다. 피라고? 처음 들어보는 잡초 이름이다. '사람 피같이 붉게 생겼나?' 하고 궁금해하는데 공소 회장님이 눈치를 채시고 피가 어떤 것인지 보여주셨다. 그런데 피의 생김새가 잘 자라고 있는 벼와 너무나 흡사했다. 우리는 공소 회장님이 벼를 뽑으신 줄 알았다. 베테랑 농부이신 공소 회장님이 실수하신 것 같지는 않아서 정말 열심히 들여다보았다. 회장님은 나중에 다 자라고 나면 벼와 피가 쉽게 구분되지만 지금은 벼와 비슷하게 생겼다고 하시면서, 그래도 자세히 보면 다르다고 하셨다. 공소 회장님 말씀대로 자세히 들여다보니 정말로 피와 벼는 작은 차이로 달랐다. 벼와는 달리 뿌리의 대가 벼보다는 약간 넓었고 흰색을 띠었다. 하지만 초짜들은 얼핏 봐서는 알 수 없고 허리를 완전히 숙인 채 자세히 들여다보아야 벼와 구별할 수 있었다. 난감했다.

그래도 할 수 있다고 외치며 작업을 시작했다. 피와 벼를 잘 구별하기 위해 허리를 잔뜩 굽힌 채 피를 뽑아냈다. 한 시간쯤 작업한 것 같아서 허리를 펴고 시계를 보았다. 이럴 수가! 15분밖에 지나지 않았다. 시계가 고장 났나? 아이고, 시간 정말 안 가네. 농사일이 이렇게 힘들 줄이야. 어찌되었든 피를 뽑지 않고는 풀려날 수 없었다. 있는 힘을 다해 피를 뽑았다.

드디어 새참 시간. 새참을 들고 오시는 공소 회장님의 부인이 마치 구세주와도 같았다. 뽑아낸 피를 논에서 가지고 나와 맛있는 새참을 먹으려는 순간, 회장님이 화들짝 놀라시며 "피를 뽑으랬더니 죄다 벼를 뽑으셨네." 하셨다. 아이고, 저런. 우리가 벼와 피를 구별 못해서 사고를 쳤구나.

밀과 가라지의 비유에서 예수님께서 왜 가라지가 다 자랄 때까지 내버려두어라 말씀하셨는지 깨닫게 되는 순간이었다. 밀과 가라지를 구분하지 못하는 초짜들이 가라지를 뽑는답시고 밀까지 뽑아버릴까 봐 그러셨나 보다.

슈퍼 마리오

우리 수도회에는 마리오라는 이름의 이탈리아 수사님이 한 분
계신다. 우리는 그분을 슈퍼 마리오라고 부른다. 슈퍼 마리오는 세
상에서 둘째가라면 서러울 최강의 게임 캐릭터로 빨간 모자에 멜빵
바지, 콧수염을 한 이탈리아 배관공이다. 마리오 수사님은 1964년
10월에 한국으로 오신 이후 수도원을 짓는 등 이것저것 연장만 있
으면 못 고치는 것이 없는 만능 핸디맨handyman 수사님이시다.

마리오 수사님은 이탈리아 북부의 가난한 농가에서 10남매 중
다섯째로 태어났다. 1945년 마리오 수사님의 부모님은 어려운 형
편에 입 하나라도 덜 궁리를 하던 참에 마침 성 바오로 수도회 신
부님이 집에 오자 반갑게 맞았다. 산에서 양 여덟 마리를 치던 열두
살 난 아들은 집으로 불려 내려와 "신부님 따라갈래?"라고 묻는 부
모님에게 고개를 끄덕였다. 그는 그 자리에서 입은 옷 그대로 신부

님을 따라나섰다. 수도원에서 인쇄 기술을 배우면서 지내던 마리오 수사님은 난생처음 듣는 한국이라는 나라로 가라는 명을 받고, 어디 붙었는지도 모르는 한국으로 향했다.

45년을 한국에서 살아오셨지만 마리오 수사님은 여전히 한국말이 유창하지 않다. 글씨는 읽을 수 있지만 뜻을 잘 이해하지 못하는 수준이다. 한국에 오자마자 한글학교도 제대로 다니지 못한 채 수도원 건물을 짓고 고치고 먹거리를 마련하느라 바쁘셨기 때문이다.

마리오 수사님은 "내가 오기 전에 수사 세 명이 왔지만 육 개월도 못 넘기고 다 돌아갔다. 먹는 것이 맞지 않아 도저히 살아갈 수 없는 시절이었다."고 말씀하셨다. 그래서 마리오 수사님은 일단 오븐을 만들고 밀가루를 구해서 빵을 굽고, 염소 사육 농가에서 집을 고쳐주는 대가로 염소젖을 얻고, 마장동에 가서 돼지를 구해 소시지를 만들고, 포도 농장에 가서 일을 해주고 포도를 얻어 포도주를 담그면서 '서바이벌'에 나섰다고 한다.

늘 열심히 일하시고 근검절약하시며, 기도를 하지 않으면 수도자가 아니라시며 기도 생활에 충실하신 할아버지 마리오 수사님, 사랑합니다.

보신탕을 좋아하는 외국인

마리오 수사님이 제일 좋아하는 특별식은 보신탕이다. 마리오 수사님은 이태리 사람인데도 한국 사람조차 호불호가 갈리는 보신탕을 신기할 정도로 좋아하신다. 마리오 수사님의 생일날 슬며시 "뭐가 제일 드시고 싶으세요?" 하고 물으면, 돈 없으면 짜장면 사주고 돈 좀 있으면 보신탕 사달라고 말씀하신다. 이 정도면 거의 한국 사람 다 되셨다.

　마리오 수사님은 온갖 공구를 다 가지고 계시는 슈퍼 마리오라서 청계천 공구상 중에 모르는 사람이 없을 정도인데, 상인들에게도 "언제 한번 시간 되면 보신탕에 소주 한잔 합시다." 하고 인사할 정도다. 한국말은 조금 서툴러도 입맛 하나만큼은 베테랑 한국인이신 것 같다. 하긴, 한국에서 사신 세월이 내가 태어나서 산 세월만큼이나 기니까 그런가 보다.

한번은 외국에서 바오로 수도회 신부님들이 회의차 한국에 오셨는데, 마리오 수사님께서 맛있는 음식을 대접하신다며 그분들을 보신탕 집으로 데려가셨다. 우리는 마리오 수사님께서 도대체 그분들에게 어떤 음식인지는 설명하고 가는 것인지, 사고 치시는 건 아닌지 걱정스러운 마음으로 물어보았다. "마리오 수사님, 뭐 사주신다고 하셨어요?" 마리오 수사님은 염소 고기 사준다고 뻥을 치셨단다. 에궁, 아무것도 모르고 웃으며 따라가는 외국인 신부님들이 불쌍해 보였다.

그런데 우리의 걱정은 기우였다. 함께 저녁을 먹고 들어온 신부님들이 흡족한 웃음을 지으며 너무 맛있는 음식을 대접받았다며 기분 좋아하시는 게 아닌가. 우리가 무엇을 드셨기에 그렇게 좋았어요, 하고 물으니 염소 고기를 먹고 오셨단다. 한국 염소가 맛있다면서…….

외국 신부님들이 회의를 마치고 본국으로 돌아가시는 날, 마리오 수사님이 공항까지 배웅하셨다. 가는 길에 마리오 수사님은 신부님들께 자네들이 먹었던 염소 고기는 사실 보신탕이라고 이실직고하셨단다. 이태리 신부님들은 순간 당황하셨지만, 금세 웃으시며 우리는 염소 고기라고 생각하겠다면서 다음에 오면 또 가자고 하셨단다. 마리오 수사님은 보신탕 전도사가 되려나 보다.

핫도그

어릴 때 간식거리가 많지 않았던 시절, 꿀맛으로 즐겼던 군것
질거리들이 있다. 예를 들어 뻥튀기, 달고나, 설탕 하드, 핫도그, 떡
볶이 등등. 그중에서 지금까지도 좋아하는 것들이 떡볶이와 핫도
그다.

학교에서 돌아오는 길에 고소한 냄새가 나는 핫도그 집을 그냥
지나친다는 것은 거의 불가능에 가까운 일이었다. 50원이라는 적
지 않은 돈을 투자해서 손에 쥔 핫도그……. 세상의 절반을 가진
듯했다.

핫도그의 풍미를 더하기 위해 아주머니에게 간곡히 부탁하는 것
은 더 많은 설탕과 케첩이었다. 단골이다 보니 아주머니는 케첩과
설탕을 듬뿍 발라주셨다. 행여 친구들한테 한 입이라도 뺏길까 봐
냅다 뛰다가 넘어질 양이면 손으로 땅을 짚어 핫도그를 놓치느니 차

라리 얼굴을 땅에 갈아먹더라도 핫도그를 살렸던 기억도 있다. 그렇게 목숨 걸고 지킨 핫도그를 집에 와서 안심하고 먹으려는 순간, 형이 불쑥 나타나 한 입만 달라고 불쌍하게 사정한다. 한사코 거절하다가도 형의 간절한 부탁을 못 이기고 진짜 한 입만 먹으라며 자비를 베푼 그때, 형은 입을 하마같이 벌려 한 입에 쏙 넣어버려 치고받고 싸운 슬픈 기억도 있는, 참 애틋한 핫도그.

그러나 요즘엔 그 추억의 핫도그를 찾기가 쉽지 않다. 그러다 우연히 고속도로 휴게소에 들렀을 때 간식 코너에서 옛날 핫도그를 볼 수 있었다. 참 신기하기도 하고 옛 생각도 나서 맛있게 먹을 수 있었는데, 어릴 적 사먹었던 핫도그에 비하면 가격이 제법 비싸졌다.

어느 날 마리오 수사님께서 내부 인테리어 일로 지방 서점에 가셔야 하는데 일손이 부족하다며 자원봉사자를 찾으셨다. 하루 종일 노동을 해야 한다는 말에 그리 내키지 않아서 머뭇거리고 있는데, 청주까지 가자면 고속도로를 타야 한다는 말을 듣고 바로 핫도그가 머릿속에 떠올랐다. 그래, 고속도로 휴게소에 가면 핫도그를 먹을 수 있잖아. 나는 바로 서점 인테리어 공사에 지원하겠다고 손을 번쩍 들었다. 나 혼자였다. 바로 낙찰되어 마리오 수사님과 트럭에 올라타고 길을 떠났다.

가는 내내 핫도그 먹을 생각에 다른 생각은 하지도 않았다. 드디어 청주 가는 고속도로 휴게소. 뒤도 돌아보지 않고 핫도그 파는 곳으로 가서 제법 큰돈을 주고 설탕 듬뿍, 케첩 듬뿍……. 어린 시절의 행복이 내 온 몸을 감쌌다. 행복했다.

하지만 그 행복도 잠시. 핫도그 욕심에 따라나선 서점 인테리어 공사의 노동 강도는 실로 엄청났다. 마리오 수사님은 지치지도 않으시는지 쉬지도 않고 일하신다. 힘들다고 투덜거리니 핫도그 먹고 그것밖에 힘을 못 쓰느냐며 나무라신다.

참, 이놈의 핫도그는 내게 웃픈 존재다. 이젠 핫도그랑 그만 헤어지고 떡볶이랑 친해볼까?

단풍나무 정육점

가을이 무르익어 단풍이 절정이다. 날마다 산들이 화려하게 옷을 갈아입는다. 이 아름다운 계절을 그냥 지나칠 수 없어 수사님들은 시간이 날 때마다 가을 산행을 간다. 알록달록 나뭇잎들이 어찌나 예쁜지 산행을 하면서 눈이 호강한다.

언젠가 수사님들이 단풍 구경 삼아 김밥을 싸들고 등산을 갔다. 날씨는 구름이 많이 끼어 등산하기에는 안성맞춤이었지만 햇살이 가득한 날에 비해서는 단풍 색깔이 다소 어두웠다. 한참 산행을 즐기다가 배가 고파오기 시작했다. 수사님들은 싸 가지고 간 김밥으로 요기를 하기 위해 적당한 자리를 물색했다. 마침 등산로 옆에 단풍나무가 몰려 있는 제법 널찍하고 평편한 공간이 눈에 띄었다. 여럿이 둘러 앉아 김밥을 먹기에 딱 좋은 자리여서 얼른 자리를 잡고 가져온 돗자리를 깔고 식사를 하였는데, 걷느라 흘린 땀이 식으면서 조금은 한기가 느껴질 즈음 갑자기 구름이 물러가며 날씨가 활짝 개었다.

따뜻한 햇살이 구름 사이로 얼굴을 내밀며 나오는데 우리가 앉은 자리가 순간 빨갛게 물들기 시작했다. 붉게 물든 단풍잎을 통과한 햇살이 빚어낸 조명은 가히 환상적이었다. 색감에 무딘 나로서는 어떻게 형용해야 할지 모르는, 자연이 빚어낸 아름다운 분위기였다. 단풍나무가 몰려 있는 군락지였기에 햇살을 받은 단풍나무들이 뿜어내는 색깔은 정말 아름다웠다. 순간 감탄사가 터져 나왔다. "너무 이쁘네.", "아름답다.", "이렇게 신비로운 색깔은 처음 본다." 하며 저마다 한마디씩 감탄을 하는데, 한 수사님의 감탄사가 우리를 황당하게 만들었다. "우와, 완전 무슨 정육점에 들어온 것 같다!"

웃어야 할지 울어야 할지. 우리는 그 수사님을 향해 핀잔을 쏟아내기 시작했다. "수사님, 정육점이라뇨? 이렇게 멋진 상황에 정육점이 웬 말입니까?" 그 수사님은 갑자기 멋쩍어졌다. "그냥 우리가 머문 자리가 시뻘겋게 물든 순간 정육점이 생각나서 해본 말이에요. 정육점 이름으로 '단풍나무 정육점'도 괜찮은 것 같지 않아요?" 하면서 아무렇지도 않게 맛있게 김밥을 먹고 있는 수사님을 보며 다음엔 꼭 정육 식당에 가서 고기라도 좀 사드려야겠다는 생각이 들었다.

차량 정비

수도원에는 차가 많다. 작은 경차를 비롯하여 여러 명이 움직일 때 필요한 승합차며 책을 실어 나르는 데 필요한 트럭 등 줄잡아 차량이 열 대는 넘는다. 이 모든 차들이 어느 개인의 소유가 아니라 그때그때 필요한 사람이 차량 일지에 예약해놓고 운행하다 보니 차량 점검을 담당하는 수사님이 따로 계신다. 각 차량마다 일지가 있어서 언제 오일을 갈아야 하고 점검을 받아야 하는지 알 수 있기 때문에 차를 손볼 때마다 담당 수사님이 정비소에 갈 일이 잦다.

어느 날 '할배'라는 별명을 가진 수사님이 원장님께 이렇게 차를 손볼 일이 많으니 누군가는 차에 대해서 잘 알아야 하지 않겠느냐며 차량 정비 학원에 다니고 싶다 하셨다. 원장님은 그 말이 일리가 있다 싶어 그 수사님을 학원에 등록시켜주었다. 학원에 다닌다 해도 정비 시설이 갖추어져 있지 않으면 차를 고칠 수는 없겠지만 그래도 식구들 중 누구 하나라도 차량에 대해서 잘 알면 좋겠다고 생각했던 것이다.

학원에 다니는 할배 수사님은 수업이 끝나고 오면 식사 시간마다 차량의 구조에 대해 배운 것을 열심히 설명해주시며 자랑하신다. 엔진의 작동 원리며 차량 구석구석 부속에 관련된 것까지 열변을 토하신다. 듣는 우리도 귀를 세워 재미있게 들었다.

어느 날 나는 할배 수사님께 직접 차 내부를 들여다보면서 설명해주면 알아듣기 쉬울 테니 차에 가서 가르쳐달라고 하였다. 할배 수사님은 의기양양하게 당연히 그래야죠 하며 따라오란다. 나는 일단 작은 승용차 열쇠를 들고 수사님을 따라 마당으로 내려갔다. 수사님은 차 열쇠를 받아들고 차 앞에 서더니 우물쭈물하셨다. 나는 수사님께 얼른 차 보닛을 열고 내부 구조 좀 설명해줘요, 하고 졸랐다. 할배 수사님께서는 잠시 머뭇거리시더니 내게 "마쪼니 수사님, 이 차 보닛 어떻게 열어요?" 하고 물어보셨다. 나는 하도 어이가 없어서 "뭐라구요? 차 보닛을 열어달라구요? 아니, 학원에서 차량 내부 구조까지 훤하게 배우신 분이 차 보닛을 못 열어요? 진짜 웃기네." 하고 짜증 섞인 목소리로 물었다. 그랬더니 할배 수사님 하시는 말씀. "수사님, 화내지 마세요. 원래 학원에서는 보닛 다 열어놓고 가르친단 말이에요." 아이고, 할배……. 나는 할 말을 잃었다. 하지만 할배 수사님이 무슨 잘못이랴. 내일 당장 학원에 전화해서 보닛 여는 기초부터 가르쳐주라고 해야겠다.

교통순경 아저씨

우리 수도원에 부탁이 하나 들어왔다. 수녀님들께서 남양 성모성지에 가셔야 하는데 수녀원에 승합차가 없어서 차량 봉사를 부탁한 것이다. 원장님께서는 흔쾌히 우리 수도원의 승합차를 빌려주실 뿐만 아니라 수녀님들을 안전하게 모셔다 드리도록 기사도 한 명 붙여 주시겠다고 하셨다. 원장님은 어떤 사람을 보낼까 생각하시다가 운전을 살살 잘하는 나에게 부탁하셨다. 나는 어릴 때 버스에 타면 운전기사님 옆에 불룩 튀어나온 엔진 박스에 걸터앉아 기사님의 운전을 흉내 내곤 했다. 그만큼 어렸을 때부터 운전을 하고 싶었나 보다. 그래서인지 자전거든 오토바이든 차든 운전을 살살 잘한다.

원장님의 특명을 받은 나는 수녀님들을 잘 모시고 다녀오겠다며 즐겁고 편한 마음으로 수녀원으로 갔다. 수녀님들께서는 반갑게 맞아주시며 고마워하시고 깔깔깔 웃으시며 차에 탑승하셨다. 나는 수녀님들께 "우리 원장님께서 수녀님들 잘 모시고 다녀오라며 운전을 살살 잘하는 나를 보내셨어요."라며 은근히 자랑하였다. 수녀님들은 "신부님이 운전을 제일 잘하시나 봐요. 신부님만 믿어요. 고마워요." 하고 나를 추켜세워주셨다.

한껏 의기양양해진 나는 시동을 걸고 수녀원의 좁은 골목길을 스무스하게 빠져나온 후 큰 길로 접어들었다. 복잡한 시내여서 그런지 차량이 꽤 많았지만, 내가 누구냐? 나는야 베테랑 모범 운전수.

그러나 그 자만심은 오래가지 못했다. 사거리 신호등에서 직진하려고 하는데 신호등에 갑자기 노란불이 켜졌다. 거기서 서자니 급정거해서 수녀님들이 놀랄 것 같아 그냥 통과하는데 아뿔싸, 신호등이 빨간 도끼눈을 뜨고 나를 쳐다보고 있었다. 아니나 다를까 사거리를 지나자마자 저 앞에서 순경 아저씨가 차를 세웠다. "신호 위반하셨습니다. 면허증 주시죠." 에구, 큰일 났다! 수녀님들 보기에도 창피한 마음이 들었다. 면허증을 내주는데 순경 아저씨가 차 안을 들여다보시더니 하시는 말씀. "이보슈, 수녀님들 저렇게 많이 모시고 다니는 양반이 운전 제대로 하셔야지. 이번에는 경고장 발부로 처리해줄 테니 수녀님들 똑바로 잘 모시고 다니슈." 휴, 살았다. 수녀님들께 창피하긴 하지만 딱지는 안 끊었으니, 원장님 볼 낯은 있다 생각하며 안도의 한숨을 내쉬는데 뒤에 계신 수녀님들이 하시는 말씀. "신부님, 괜찮으세요? 아까 경찰 아저씨가 성당 다니시나 봐요. 수녀님들 탔다고 봐주시는 걸 보니. 신부님, 경찰 아저씨 말대로 우리 잘 모시고 다니세요, 깔깔깔!"

절대 따라하지 마세요

수도원에서는 종신서원식이나 사제 서품식 같은 큰 행사가 있으면 여러모로 바빠진다. 전례 준비뿐만 아니라 큰 행사를 준비하기 위해 필요한 일들에 당번들이 정해진다. 어떤 사람은 주차 봉사, 어떤 사람은 데코레이션 준비, 어떤 사람은 손님 안내 등 모두가 각자에게 주어진 일들을 열심히 한다. 행사가 무사히 끝나면 종신서원하신 수사님 그리고 사제 서품을 받으신 새 신부님을 축하해주기 위해 저녁에는 축제의 장이 한판 열린다. 각 그룹에서 준비한 장기 자랑을 선보이며 축하 공연이 펼쳐지는데, 우리 수도회 식구뿐만 아니라 바오로 가족 수도회 차원에서 스승 예수의 제자 수녀회, 성 바오로딸 수도회, 선한 목자 예수 수녀회, 성가정회, 예수 사제회, 협력자회, 성모영보회, 성 가브리엘회 등 바오로 가족이 총출동하는 꽤나 큰 축제의 장이 벌어진다.

온 가족 수도회가 다 함께 참여하여 마련된 축하 공연이니 장기 자랑도 참으로 다양하다. 노래로 축하해주는 팀, 율동으로 축하해주는 팀, 아름다운 시를 지어 낭송해주는 사람 또 멋진 악기 연주로 기쁨을 더해주는 사람, 간단한 콩트를 준비해 연극을 선보이는 팀들이 공연의 재미를 한껏 더해준다. 그런데 우리 수도회 유기서원자들이 아주 특별한 공연을 준비했다며 비밀에 부친 채 남몰래 피땀 흘려가며 준비한 것이 있었는데 그것은 다름 아닌 차력술 시범이었다.

순서가 되어 등장한 형제들의 용모는 처음부터 사람들을 웃기기 시작했는데 다들 웃통을 벗어던진 채 머리엔 빨간 띠를 두르고 얼굴엔 매직으로 수염을 시커멓게 그려놓은 채 등장했던 것이다. 다들 힘상궂게 강한 인상으로 등장하여 선보인 차력술은 또 한 번 사람들을 웃겼다. 고무줄을 몸에 묶고 다른 사람이 고무줄을 있는 힘껏 잡아당겼다가 놓았을 때 고무줄 채찍을 이를 악물고 견디기, 콧바람으로 찌그러진 페트병 펴기, 풍선 터질 때까지 불기 등등. 사람들이 야유를 퍼부으며 그게 무슨 차력이냐고 웃으며 놀려대자 차력팀이 진짜로 숨겨놓은 차력이 있다며 한 형제의 팔목을 각목으로 내리쳐 부러뜨리겠다는 것이었다. 우리는 조마조마한 마음으로 진짜 가능할까 쳐다보는데 아니나 다를까 각목은 부러지지 않았다. 차력팀은 머쓱하게 그리고 급하게 공연을 마무리했는데, 문제는 다음 날 발생하였다. 마지막 차력을 선보인 형제가 병원에 가게 되었다. 각목이 아니라 팔목이 부러진 것이다. 여러분, 절대 따라하지 마세요.

내일을 걱정하지 마라.
내일 걱정은 내일이 할 것이다.
그날 고생은 그날로 충분하다.

마태 6, 34

하늘로 올라갑니다

수도원의 아침 기도는 6시에 시작된다. 6시에 성무일도를 함께 바치고 성무일도가 끝나면 이어서 미사가 거행되며 미사 후에는 30분간 침묵 중에 묵상하는 시간을 가진다. 아침 기도가 6시에 시작되기 때문에 아침에 세면을 하고 정돈하기 위해선 보통 5시 30분 정도에 기상하게 되는데, 베테랑 수사님들은 준비 시간이 10분 정도면 충분해서 5시 40분에서 45분 정도에 기상하기도 한다. 10분이라도 더 자면 그게 그렇게 뿌듯한가 보다.

물론 아침형 인간인 수사님들은 기도 시간보다 한 시간 정도 일찍 일어나서 씻고 간단하게 운동도 해서 맑은 정신으로 성당에 미리 앉아 있기도 한다. 부랴부랴 기도 시간에 딱 맞추어 늦게 일어나서 성당에 앉은 탓에 아직 잠이 덜 깨어 베드로식 기도를 하는 수사님들도 있다. 그중에는 미사 후 이어지는 묵상 시간을 모자란 잠을 채

우는 시간으로 쓰기도 하는데, 그 정도는 그래도 이해할 만하지만 심지어 공동으로 성무일도를 하는 시간에도, 미사가 봉헌되는 동안에도 비몽사몽인 수사님도 있다. 기도 시간 중에 가끔 옆으로 자빠지거나 헛소리를 하는 수사님들이 그 무리들 속에 있다.

한번은 미사 중에 일이 일어나고 말았다. 성무일도 시작부터 비몽사몽 졸던 수사님께서 엄숙한 미사 시간을 웃음바다로 만들어 버린 것이다.

미사는 말씀의 전례와 성찬의 전례로 구성되어 있는데, 말씀의 전례 때에는 성경 말씀이 선포되고 신부님의 강론이 이어진다. 그날은 주례 신부님의 강론이 조금 길어서 다른 수사님들에게는 약간 지루한 시간이었지만 잠이 덜 깬 이 수사님께는 아주 행복한 시간이었다. 길고 지루한 강론 시간이 이 수사님께는 짧지만 행복한 수면 시간이었던 것이다. 어쨌든 누구에게는 조금 길었지만 누구에게는 짧았던 말씀의 전례가 끝나고 성찬의 전례로 넘어갔다. 예물 준비 기도에 이어 감사송을 시작하는데, 주례 신부님께서 "주님께서 여러분과 함께" 하고 시작하자 수사님들이 "또한 사제의 영과 함께" 하며 응답을 했다. 이어 주례 신부님께서 "마음을 드높이" 하신 후 "주님께 올립니다."라는 응답을 기다리고 있는데 비몽사몽 꿈길을 걷던 수사님이 갑자기 다른 수사님들보다 먼저 "하늘로 올라갑니다!" 하고 응답하는 바람에 조용하던 미사 시간이 발칵 뒤집어져 여기서 키득키득 저기서 키득키득……. 주례 신부님이 어이가 없어서 웃으며 하시는 말씀. "네, 수사님 먼저 하늘로 올라가세요."

내복약

날씨가 추워졌다. 수도원도 본격적으로 보일러를 가동할 때가
왔다. 수도원에서는 사도직장 근무 시간에는 보일러를 충분히 가동
시켜주지만 각 방에는 아침에 1시간 정도, 저녁에는 잠자기 전 2시
간 정도만 틀어준다. 그리고 성당은 수사님들이 수시로 기도할 수
있도록 충분히 따뜻하게 보일러를 틀어준다. 그래서 겨울에 수도원
의 제일 명당자리는 사도직 일터와 성당이다. 사도직 열심히 하고
기도 열심히 하라는 수도원의 계략이다.

수사님들 중에는 유독 추위를 많이 타는 수사님도 있다. 믿거나
말거나이지만, 어떤 수사님은 9월부터 내복을 입기 시작해서 5월
까지 내복을 벗지 못하는 분도 계시다. 그래서 그 수사님의 별명이
내복이다. 나 같은 경우는 겨울에 태어나서 그런지, 더위에는 많이
약하지만 추위에는 강한 편이라 추위를 많이 타는 내복 수사님이

안쓰럽기도 하다.

　그러나 나 같은 경우도 천하무적은 아니라서 감기에 걸리는 경우가 있긴 하다. 한번은 사도직 열심히 안 하고 기도를 열심히 안 해서 그런지 감기가 찾아왔다. 재채기에 콧물에 감기가 제대로 왔다. 에고, 나도 내복 수사님처럼 단단히 내복을 챙겨 입을 걸, 하고 후회하면서 병원에 방문하여 감기약을 지어 왔다. 식후 30분에 챙겨먹어야 하는 알약과 가루약 일주일분을 조제받았다. 부지런히 잘 챙겨먹고 빨리 나아야지 생각하며 약 봉지를 식탁 위에 올려놓았다.

　저녁을 먹고 설거지를 마친 후 30분쯤 지나 감기약을 먹기 위해 식탁에 올려놓은 약을 가지러 가는데 내복 수사님이 내 약에 손을 대어 꺼내 먹는 것이 아닌가? 나는 왜 저 수사님이 남의 약을 먹는지 이해할 수 없어 황당해하며 물어보았다. "수사님, 왜 제 감기약을 수사님이 드세요?" 내복 수사님이 대답했다. "마쪼니 수사님, 이거 제가 먹어도 되는 약이에요. 제 거예요." "네? 이 감기약 제 거예요. 환자 이름에 안성철이라고 씌어 있잖아요?" 하고 따졌더니 내복 수사님의 대답이 나를 주저앉게 만들었다. "마쪼니 수사님, 잘 보세요. 여기 '내복약'이라고 씌어 있잖아요. 그러니 제 거죠."

사말의 노래

11월은 위령 성월이다. 우리보다 앞서 세상을 떠나신 분들을 위해 기도하고, 살아 있는 우리도 언젠가는 찾아올 죽음에 대해 묵상해보는 달이다. 죽음에 대해 생각해보는 것이 끔찍이도 싫은 일이고 부정적인 것으로 다가오지만 오히려 그것이 현재 우리의 삶을 더 진지하게 살 수 있도록 도와주는 좋은 방법이기도 하다.

수련을 받을 때의 일이다. 수련장 신부님께서는 각 방에 스피커를 설치해놓고 아침 기상 시간에 맞추어 좋은 성가를 틀어주셨다. 그래서 각자 기상 알람을 맞춰놓지 않아도 되었고 또 시계 알람 소리보다는 감미로운 성가나 경쾌한 음악이 기상의 어려움을 훨씬 덜어주었기 때문에 참 좋았다. 그런데 11월 1일 위령 성월이 시작된 첫날 아침 스피커를 통해 들려오는 기상 음악이 우리를 섬뜩하게 만들었다. 그것은 바로 윤형중 신부님이 쓰신 『사말의 노래』를 낭송한 카세트테이프였다.

인간의 피할 수 없는 네 가지 마지막 문제, 세상에 사는 사람들은 누구나 결국 죽어야 하고 심판을 받아야 하며 그리고 나서는 천국이나 지옥으로 가야 한다는 내용. 즉 죽음, 심판, 천국, 지옥을 사말四末이라 부르는데 윤형중 신부님께서 이 주제를 가지고 시조 형식으로 쓰신 책이 바로 『사말의 노래』다. 스피커를 통해 흘러나온 내용은 이러했다.

'죽음에는 남녀도 노소도 없고 / 빈부귀천 차별도 없다 하지만 / 설마 나도 그러랴 믿고 있더니 / 이 설마에 결국은 속고 말았네 / 흰 자위만 보이는 푹 꺼진 눈에 / 양미간을 찡그린 창백한 얼굴 / 검푸르게 변색된 입과 입시울 / 보기에도 흉측한 송장이로다 / 죽는 줄을 알면서 죽기나 했나 / 더 살려고 애쓰다 죽어버렸지 / 죽을 때를 안다면 그냥 죽겠소? / 한시바삐 서둘러 준비했겠지……'

우리는 수련장 신부님께 신부님의 의도는 잘 알겠지만 그래도 아침부터 너무 심하지 않느냐고 다른 음악으로 바꿔달라고 했다가 결국 『사말의 노래』를 한 달 내내 아침마다 들어야 했다. 신부님, 그 음악은 제발 틀지 마세요!

식사 당번

수도원에서 살다 보면 크고 작은 어려움에 부딪히게 된다. 크고 중요한 문제들도 있지만 그다지 심각하진 않으나 어렵게 다가오는 문제들도 있다. 그중의 하나가 먹고사는 문제다. 먹고사는 문제라고 하니 거창하게 생각될 수 있지만 구체적으로 말하자면 식사 준비다.

본원에는 형제들이 많이 살기 때문에 주방 아주머니가 계셔서 식사 준비를 해주시지만 지방 분원으로 파견되어 가면 형제들이 서너 명밖에 살지 않기 때문에 주방 아주머니를 따로 둘 수가 없어서 공동체 형제들이 알아서 해결해야 한다.

성경에서 예수님께서는 무엇을 먹을까 걱정 말라고 하셨지만 분원에 파견되면 걱정하지 않을 수 없다. 음식 조리 실력들이 다 고만고만하니 어느 한 사람이 총대를 멜 수 없어서 식사 당번을 정하고 일주일씩 돌아가며 봉사를 한다. 한 달에 한 번 꼴로 돌아오는 식사 당번이 되면 안 아프던 머리가 아파오고 배도 살살 아파온다. 아마 스트레스 때문일 것이다. 어머니들이 식구들 먹거리 챙겨주시는 일이 이렇게 어렵고 힘든 일이라는 사실을 새삼 깨닫게 된다. 어머니들이 "저는 집에서 살림만 해요."라며 별것 아닌 것처럼 말씀하시는데, 살림이란 말이 '살리다'의 명사형이니 사람을 살리는 일이 어찌 쉬우랴.

어쨌든 당번 역할은 제대로 해야 하니 서점에 가서 『시어머니가 며느리에게 가르쳐주는 요리』라는 책을 사서 시키는 대로 해본다. 설탕 한 수저, 고춧가루 세 수저, 간장 두 수저…… 거의 실험실에서 연구원이 실험하는 수준이다. 그럭저럭 실험을 마치고 식탁을 차려내면 수사님들이 한마디씩 한다. 조금 싱겁네, 조금 짜네…… 아, 진짜 짜증난다. 그냥 대충들 드시지. 나도 다음 식사 당번이 음식을 해오면 그냥 넘어가지 않으리라는 쩨쩨한 복수를 다짐해보지만 이내 회개한다. 내가 당하기 싫은 일은 남에게도 하지 말자 생각해보는데, 좋은 화살기도 하나가 머리에 맴돈다. '하느님, 내일 아침 수도원 마당에 만나를 내려주세요!'

하늘의 너희 아버지께서는
이 모든 것이 너희에게 필요함을 아신다.
마태 6, 32

골프 칠 줄 알아?

제주도에 살면 많은 것을 알고 있어야 한다. 육지에 있는 지인들이 제주에 있는 맛집 정보, 관광지 정보, 한 달 살기 집 시세 등을 물어볼 때가 많다. 인터넷에 올라와 있는 정보가 많음에도 불구하고 현지에 살고 있다는 이유만으로 내게 직접 많은 것을 물어본다. 하긴 인터넷에 올라와 있는 정보보다는 현지에 살고 있는 사람의 정보가 더 구체적이고 믿을 만하긴 하다.

그리고 육지에서 지인들이 내려오면 가이드는 필수다. 제주살이 8년 차에 지인들이 내려올 때마다 안내를 해주다 보니 거의 전문 가이드 수준이 다 되었다.

한번은 육지에서 동창 신부가 제주에 놀러 왔다. 오래간만에 만난 동창이라 반가운 마음에 이곳저곳을 함께 다니고 저녁엔 신학생 시절의 추억을 떠올리며 술도 한잔 기울였다. 그렇게 이런저런 이야기를 나누며 저녁을 먹다가 동창 신부가 "안 신부, 안 신부도 골프 칠 줄 알아?" 하고 물어보았다. 나는 "그럼, 골프 칠 줄 알지." 하고 대답하였다. 예전에 미국 수도원에 있을 때 한두 번 퍼블릭 골프장에 신자들을 따라가본 적이 있어서 골프 칠 줄 안다고 대답한 것이다. 동창 신부는 "이야, 안 신부도 골프 칠 줄 아는구나! 안 신부는 수도원 신부라 못 치는 줄 알았네." 하며 아는 사람 두 명을 더 데리고 올 테니 당장 내일 골프장에 가자고 하였다. 나는 부랴부랴 수도원 근처에 사시는 신자분에게 골프채를 빌려 다음 날 약속한 골프장에 갔다.

한국에서는 골프장에 처음 가보는 터여서 좀 어색했다. 미국 수도원에 있을 때 가본 퍼블릭 골프장과는 많은 것이 달랐다. 리어카를 끌고 다니는 대신 카트를 타고, 이런저런 안내를 해주는 캐디분도 함께 동행을 하니 좀 주눅이 들었다.

첫 홀에서 바짝 긴장한 채 골프채를 휘두르는데 에궁, 그만 헛스윙을 했다. 어라, 왜 안 맞지? 다시 한 번 크게 심호흡을 하고 채를 휘둘렀는데 또 헛스윙. 손에 땀이 줄줄 나기 시작하는데 뒤에서 동창 신부가 웃으며 묻는다. "너, 골프 칠 줄 안다며?" 내가 대답했다. "그래, 내가 골프 칠 줄 안다 그랬지, 잘 친다 그랬냐?" 그날 성적은 계산이 안 나올 만큼 처참했지만 동창 신부는 지금껏 골프 친 것 중 제일 재미있었다고 했다.

칼국수 속의 쇳조각

분원에서 수사님과 함께 음식을 해먹으면 매번 같은 반찬에 고만고만한 국거리로 식단이 이어지다 보니 가끔은 특별한 음식을 먹고 싶을 때가 있다. 하지만 별식을 해먹자고 결심하더라도 손재주가 없기도 하지만 달랑 둘이 먹을 음식을 하기 위해 사야 하는 식재료가 복잡해서 외식으로 방향을 전환해본다.

한번은 같이 사는 수사님과 뜻이 맞아 외식을 하기로 결정했는데, 마침 수도원 근처에 칼국수 전문점이 새로 오픈하여서 가보기로 하였다. 나는 원래 면을 좋아하기 때문에 내가 먼저 칼국수 메뉴를 추천하였다. 같이 사는 수사님은 나와는 달리 면을 좋아하지 않아서 썩 내키지는 않아 하셨지만 면에 죽고 못 사는 나의 소원을 들어주기 위해 함께 가기로 하였다. 고마웠다.

새로 오픈한 칼국수 집에는 사람이 많았다. 일하시는 분들이 분

주히 음식을 주문받고 서빙을 하고 있었다. 나는 시원한 바지락 칼국수를 먹겠다고 맘을 먹었고 같이 사는 수사님도 딱히 선호하는 칼국수 메뉴가 없어서 나를 따라 바지락 칼국수를 주문하였다. 이내 주문한 바지락 칼국수가 김을 모락모락 내뿜으며 우리에게 다가왔다. 나는 김 가루를 듬뿍 넣고 후후 불어가며 후루룩후루룩 맛나게 먹기 시작하였다. 함께 간 수사님도 대체로 만족하며 바지락 칼국수를 먹기 시작하는데 갑자기 바스락 하는 소리가 들리며 인상을 쓰셨다. 바지락 껍질을 씹으셨단다. '에궁, 바지락 껍질을 씹어서 바스락 소리가 난 거였구나. 불쌍해라.' 하며 나는 나대로 맛있게 먹고 있는데 또 일이 터졌다. 수사님께서 바지락 칼국수 국물에 빠져 있는 쇳조각을 발견하신 것이었다. 오늘 일진이 참 안 좋다. 수사님이 주인을 불러 상황을 설명하니 주인아저씨는 너무나 당황하시며 옆 손님들이 눈치 챌까 봐 조용한 목소리로 연거푸 사과를 하시더니, 미안하다며 파전을 서비스로 주신다고 하셨다. 우리는 그럴 필요까지는 없고 조리할 때 조심하시라고 했지만 결국 서비스로 파전을 주셨다. 공짜로 파전까지 얻어먹고 쪼잔한 기쁨을 안은 채 수도원으로 돌아와 양치를 하던 수사님이 화장실에서 미친 사람처럼 웃는다. 내가 왜 실없이 웃느냐며 물어보니 하시는 말씀. "마조리노, 아까 그 칼국수에 빠져 있던 쇳조각, 내 치아에서 떨어져나간 아말감이야. 양치하다 발견했어!"

아, 내가 미친다, 미쳐.

옷에 대한 욕심

옷은 참 묘하다. 어떤 옷을 입었는지에 따라 옷을 입은 사람의 상태나 기호, 신분, 직업, 품격 등이 드러난다. 잠잘 때는 잠옷, 운동할 때는 운동복, 젊어 보이는 옷, 중후해 보이는 옷, 더울 때 입는 옷, 추울 때 입는 옷, 직업에 따른 제복 등 옷은 많은 것을 규정짓는다.

수도원에 들어온 이후 지금까지 삶의 과정도 어찌 보면 옷의 변천과정인 것 같다. 지·청원기 때 입는 옷, 수련기 때 입는 옷, 유기서원기 때 입는 옷, 서품 후에 입는 옷…… 옷이 점점 변해간다.

지·청원기 때에는 검은 바지에 하얀 와이셔츠를 입고, 수련기 때에는 목에 로만칼라가 없는 검은 수단을 입고, 유기서원기 때에는 정식 수단을 입고, 서품을 받게 되면 로만칼라가 있는 사제복과 제의를 입게 된다. 지·청원기 때에는 언제 시간이 흘러 수련복을 입어보나 하고 수련자들을 부러워하고, 수련기가 되어 검은 수련복을 입으면 언제 시간이 흘러 정식 수단을 입어보나 하며 유기서원자들을 부러워하고, 유기서원기 때에는 언제 서품을 받아 제의를 입어보나 하며 신부님들을 부러워한다.

어찌 보면 옷에 대한 욕심으로 살아온 것 같다. 첫 서원을 할 때 새 수단을 입지 못하고 선배에게서 물려받은 헌 수단을 입을 수밖에 없어 입이 석 자나 튀어나와 삐친 채로 몇 달을 살았던 생각을 하면 지금도 웃음이 난다.

이제는 입을 수 있는 제복은 다 입어보아서 옷에 대한 욕심이 없을 것 같은데, 사람의 욕심이란 끝이 없는가 보다. 감히 주교님이 입는 옷을 입으면 어때 보일까 하는, 혼이 날 생각도 해본 적이 있다. 그런데 마침 그럴 기회가 왔다. 영국 수도원에서 일할 때였다. 한국에는 그런 일이 없는데, 영국에서는 주교님들의 모자와 지팡이를 유리 진열장에 넣어 전시하고 판매를 하고 있었다. 나는 직원을 살살 꼬드겨 열쇠를 얻어낸 후 잽싸게 주교님의 모자를 쓰고 지팡이를 들어보았다. 느낌이 묘했다. 직원이 주교님 복장을 한 나의 사진을 보여주더니 제법 어울린다고 하면서 낄낄낄 웃었다. 결국 원장 수사님께 들켜 혼이 나고 다시 유리 진열장에 고이 모셔두는데, 머릿속에 이런 말이 떠올랐다. '왕관을 쓰려는 자여, 그 왕관의 무게를 견뎌라.'

안 슬퍼요?

부산 수도원에 살 때의 일이다. 함께 사는 원장 수사님도 그렇고 나도 그렇고 둘 다 영화 보는 걸 좋아했다. 좋은 영화가 개봉되면 놓치지 않고 꼭 영화관에 가서 보았다.

2006년 가을, 보고 싶은 영화가 나왔다. 제목은 〈우리들의 행복한 시간〉. 강동원과 이나영이 주연을 맡은 영화다. 사형수 강동원과 교도 사목을 하는 수녀님의 조카인 이나영이 운명적인 만남을 통해 살아 있다는 것에 대한 감사와 삶에 대한 애착을 느끼게 된다는 내용의 영화였다. 이 영화를 본 사람들은 알겠지만 마지막 장면에서 강동원이 서럽게 울면서 "신부님, 살려주세요. 무서워요. 애국가를 불렀는데도 무서워요." 하며 애원할 때 얼마나 슬펐는지. "교도소 들어올 땐 인간도 아니었던 사람들, 이렇게 천사가 되고 나면 죽이네요."라는 영화 속 수녀님의 말씀이 떠오르며 강동원이 어찌나 불쌍하던지 수사님과 나는 펑펑 울 수밖에 없었다.

영화가 끝이 났는데도 우리 둘은 눈물을 참지 못해 한참을 앉아 있었다. 영화관 밖으로 나와 밝은 곳에서 보니 우리 둘 다 눈이 퉁퉁 부어 있었다. 수사님과 나는 수도원으로 오는 내내 영화에 대하여 이야기를 나누었다. 아무리 죽을죄를 지었더라도 사형이라는 제도는 없어야겠다, 나쁜 사람이라도 저렇게 사랑을 받으면 순한 양이 되는구나, 하며 대화를 나누다가 수사님께서 이 영화를 한 번 더 보자고 하셨다. 나는 너무 슬퍼서 또 울까 봐 한 번 본 것으로 충분하다고 했지만 가족 수도회 수녀님들에게 선물로 이 영화를 보여드리자는 원장 수사님의 제안에 한 번 더 보기로 약속했다.

다음 날 수녀님들과 다시 그 영화를 보러 갔다. 수사님과 나는 영화관으로 가는 동안 수녀님들께 이 영화는 엄청나게 슬픈 영화이니 손수건을 준비하셔야 할 거라고, 혹시라도 슬프면 우리 눈치 보지 마시고 실컷 우셔도 된다고 말씀드렸다. 영화가 시작되었다. 아니나 다를까, 나와 수사님은 어제와 마찬가지로 펑펑 울었다. 다시 봐도 너무 슬펐다. 영화가 끝나고 수사님과 나는 벌겋게 충혈된 눈을 들어 뒷줄에 앉아 계신 수녀님들을 쳐다보았는데 한 분도, 단 한 분도 눈시울이 붉은 수녀님이 안 계셨다. 우리는 의아해하며 물었다. "수녀님들, 안 슬퍼요?" 수녀님들이 말씀하셨다. "슬프죠, 감동적이구요. 그런데 눈물까지는 아니네요." 우리 둘은 울다가 웃고 말았다.

생일 선물

오늘부터 대림 시기가 시작된다.

해마다 대림 시기가 시작되면 해야 할 일이 3가지 있다. 첫째는 대림환을 만드는 것, 둘째는 예수님의 구유를 어떻게 꾸밀지 계획하는 것, 셋째는 예수 성탄 대축일에 아기 예수님의 구유에 경배할 때 드릴 선물을 준비하는 것이다.

대림환을 만드는 것은 주로 수녀님들이 해주시고, 예수님의 구유를 꾸미는 것은 개인이 아니라 수련 그룹이 맡아서 하는 일이다. 해마다 바오로 수도회의 영성에 맞게 구유를 꾸미게 되는데 늘 새로운 아이디어가 가미되기 때문에 올해에는 어떤 모양의 구유가 나올지 기대하게 된다. 구유에 배치될 성모님과 요셉 성인, 아기 예수님은 기본적으로 변함이 없다. 여기에 매스미디어를 통해 복음을 전해야 하는 만큼 성 바오로 수도회의 영성을 유지하면서도 현대적으로, 또 미디어 환경을 고려하여 꾸며지는 구유는 참으로 독창적이다. 바오로 가족 수도회 회원들은 수도회를 돌아가면서 구유 경배를 하게 된다.

마지막 남은 일이 아기 예수님의 생일을 맞이하여 구유에 봉헌할 생일 선물을 마련하는 것인데, 이것은 각자 개인이 정성스럽게 준비해야 한다. 친구 생일에 초대를 받아 가면서 선물을 준비하지 않으면 예의에 어긋나는 것과 마찬가지다. 하지만 상대가 누구인가에 따라 선물에 차이가 있다.

그다지 친하지 않은 친구의 생일에는 문방구에 들려 간단한 학용품 정도를 구입하고, 친한 친구의 생일 때는 선물 준비에 고심을 많이 하게 된다. 친한 친구가 필요로 하는 것이 무엇인지, 무엇을 좋아하는지 곰곰이 생각하여 친구가 기뻐할 만한 선물을 준비한다. 예를 들어 친구의 취미가 우표 수집인데 구하지 못한 우표가 있다면 유심히 봐두었다가 그 우표를 어렵게라도 구해서 선물하게 되는 것처럼, 아기 예수님께 필요한 것이 무엇인지, 어떤 선물이 아기 예수님을 기쁘게 할 만한 것인지 고민하여 준비하는 것은 당연한 일이다.

어떤 수사님들은 대림 시기뿐만 아니라 한 해 내내 아기 예수님께 드릴 선물을 준비한다. 각자가 마련한 선물이 동방 박사들이 가져온 선물처럼 참 다양하다. 어떤 수사님은 일 년 동안 헌혈을 하여 모은 헌혈 증서를, 어떤 수사님은 하루에 한 가지씩 누군가를 기쁘게 해준 일을 적어놓은 수첩을, 어떤 수사님은 자기의 묵상 노트를 봉헌하기도 한다.

　이번 구유 선물을 무엇으로 준비할까, 고민된다.

신랑신부

오늘 혼인 성사 주례를 하고 왔다. 교구 본당 사제가 아니라 수도원 사제여서 혼인 성사를 주례하는 일은 아주 드물다. 그래서 강론 내용도 특별히 혼인 성사에 맞게 준비를 한다. 신랑 누구누구는…… 신부 누구누구는…… 하며 신랑과 신부에게 앞으로 성가정을 이루기 위해 갖추어야 할 덕목들을 일러준다.

내가 죽기까지 사제로서 산다면 평생 신랑은 될 수 없고 '신부'로 살아가야 하기에 같은 신부로서 신부를 편들면서 신랑에게 신부를 잘 모시고 살라고 당부한다. 신부로서 신부 측 편을 드니 신랑은 좀 삐칠 수 있겠지만, 나는 그게 가정의 평화를 이루기 위한 정답이라고 생각해서 그렇게 우긴다.

어쨌든 엄숙하면서도 기쁨에 넘치는 혼인 성사를 마치고 나면 신랑신부는 이어지는 축하식에서 축하도 받고 양가 부모님께 큰절도

하고 축하해주러 온 많은 하객들에게 감사의 인사를 전한다. 나도 두 사람이 새롭게 시작하는 삶의 여정에 주님께서 축복해주시도록 기도하며 박수를 쳐준다.

모든 예식이 끝나면 바로 사진 촬영이 이어진다. 제일 먼저 주례 사제와 신랑신부가 사진을 찍게 된다. 제대 앞에서 신랑신부 뒤에 서서 포즈를 잡아본다. 사진 기사님은 신랑신부의 사진을 잘 찍기 위해 이런저런 주문을 한다. "자, 신부님, 고개를 살짝 신랑 쪽으로 돌려주시고 웃어주세요." 나는 순간 고개를 돌려 신랑을 바라보면서 웃고 만다. 그러자 사진 기사님이 한마디 한다. "아니, 거기 뒤에 계신 신부님은 그냥 계세요. 앞에 계신 신부님이 신랑 쪽으로 고개를 돌리시고요."

헐, 사진 기사님이 말한 그 신부님은 내가 아니고 진짜 신부였구나. 이거 참 헷갈린다.

신랑신부가 나 때문에 웃는다. 그래서 사진은 잘 나왔다.

무노동 무임금

길을 걷다 보면 구걸을 하는 사람도 있고 상가를 돌며 자선을 청하는 사람도 제법 많다. 그런 사람들을 보면 도와주고 싶은 마음이 크지만 때로는 그 돈이 제대로 쓰일지 살짝 의심스러울 때가 있다. 언론에 소개된 비양심적인 사람들과 단체를 접하다 보니 이런 의구심이 드는 것도 어쩔 수가 없다.

그래서 나는 신학교에서 배운 원칙을 적용해서 도와준다. 신학교의 교수 신부님께서는 누군가 물질적 도움을 청하러 오면 일단 그 사람에게 크든 작든 일거리를 주고 그 노동의 대가로 돈을 주든지, 아니면 도움을 청하러 온 사람이 어떤 물건을 팔러 다니면 대가를 치르고 그 물건을 사주는 방법을 추천하셨다. 참 좋은 방법이라고 생각했다. 구걸을 하는 사람도 본인이 노동을 하고 노동의 대가로 돈을 받아가니 뿌듯하고, 물건을 파는 사람도 정당하게 상행위로 돈을 버는 것이니 자존심도 상하지 않고, 또 재기할 수 있는 원동력도 얻겠다 싶어 지금까지도 그 원칙을 지키고 있다.

수도원에도 구걸하러 오는 사람이 있다. 그러면 나는 그 사람에게 빗자루를 쥐어주고 수도원 마당을 깨끗하게 쓸어주면 노동의 대가로 돈을 쥐어준다. 서점에서 근무할 때도 칫솔이나 껌을 팔러 오는 사람이 있으면 돈을 주고 물건을 사준다. 하지만 물건을 팔지 않고 그냥 돈을 달라고 청하는 사람에게는 유리 닦는 세제와 걸레를 주면서 유리창을 닦으면 돈을 주기로 한다. 어떤 사람은 그 조건을 거부하고 욕을 하며 나가는 사람도 있지만 대부분은 유리창을 닦고 노동의 대가로 돈을 받아가며 크게 기뻐한다. 그중에 어떤 사람은 아예 정기적으로 와서 유리창을 닦아주고 돈을 받아가기도 한다.

그런데 한번은 어떤 젊은 남자가 와서 돈을 달라기에 늘 하던 대로 유리창을 닦으면 돈을 준다고 하였더니 자기는 옆구리에 큰 수술을 받아서 손을 들어 올릴 수 없다며 그냥 돈을 달라고 하였다. 나는 그 사람이 진짜 장애를 가지고 있는지 확인해보려고 서점 창고 안으로 들어가 웃옷을 벗어보라고 하였다. 그 사람은 나 같은 사람은 처음 봤다며 웃옷을 벗어 보이는데 와우 진짜 엄청나게 큰 수술 자국이 있었다. 나는 미안한 마음이 들어 그 사람에게 돈을 쥐어보냈다. 나의 원칙에 예외 조항이 살짝 생기는 사건이었다.

먹이 경쟁

〈동물의 왕국〉 같은 자연 다큐멘터리를 보면, 짐승들은 하루 일과를 몽땅 먹거리를 찾아다니는 데 투자하는 것 같다. 먹고 좀 놀다가 피곤하면 자고⋯⋯. 우리 인간과 달리 재생산과 진보를 위해 노동하는 일은 거의 없다. 그저 먹거리를 두고 싸울 뿐이다. 인간과 짐승의 큰 차이점이다.

그런데 가끔은 인간이면서도 먹는 것에만 집중하는 듯한 사람들이 있는 것 같다. 멀리 있지도 않다. 함께 살고 있다. 맛있는 음식이 나오면 식탐이 발동해서 옆 사람을 배려하지 않은 채 허겁지겁 먹어 치운다. 나도 한 입 먹어볼라 치면 당장이라도 으르렁거릴 것만 같다.

한번은 형제들과 함께 횟집에 갔다. 없는 돈에 회를 먹자니 사전에 협의를 해야 했다. 젓가락질 한 번에 회 한 점과 소주 한 잔. 그러나 식탐이 있는 형제는 그 합의를 깨버리고 회가 나오자마자 젓가락을 마치 저인망 그물처럼 접시 바닥에서부터 퍼 올려 무려 네 점이나 가져가버렸다. 황당했다. 맛있어야 할 회를 고무 씹듯이 하다가 횟집을 나왔다.

그러다 다음엔 고깃집을 갔는데 이번에도 그 형제가 침을 흘리며 따라나섰다. 떼버리고 가고 싶었지만 이미 늦었다. 고기 냄새를 맡아버린 것이다. 아니나 다를까, 고기가 나오자 아직 익지도 않은 것 같은데 허겁지겁 먹기 시작하였다. 이번에는 나도 오기가 발동해서 고기 한 점이라도 확보해야겠다는 생각이 들었다. 생고기 한 점을 아무도 가져가지 못하게 젓가락으로 꾹 눌러놓고 불판 위에서 익기를 기다렸다. 흐흐, 젓가락으로 먹이를 꾹 눌러놓았으니 아무도 손을 댈 수가 없었다. 드디어 고기가 먹기 좋게 익어 날름 입 안으로 넣는 순간 달궈진 젓가락이 내 혀를 사정없이 지져버렸다. 앗, 뜨거워! 비명을 지르며 고기를 뱉어버리고 지져진 혀를 식히느라 애꿎은 소주만 연거푸 들이부었다. 먹이 경쟁에서 도태된 비참한 하루였다.

대출 보험 권유

오늘 전화 통화를 무려 30분 넘도록 하게 되었다. 나는 보통 전화 통화를 짧게 하는 편이다. 통화를 하면서 본론만 말하는 편이기도 하고 전화기를 오래 붙들고 있는 것이 귀찮기도 해서 되도록 늘 통화는 짧게 끝내는데, 가끔은, 아주 가끔은 오늘처럼 길게 통화를 하게 된다. 잘 아는 사람, 반가운 사람에게서 전화가 와서 그런 것이 아니다. 전혀 모르는 사람, 좋아하지 않는 사람인데도 통화를 오래 하게 된다. 바로 대출이나 보험을 권유하는 전화다.

대부분의 사람은 이런 전화가 오면 관심을 갖지도 않고 바쁘다며 전화를 끊어버리는데 나는 그게 참 안 된다. 좀 야속하게 느껴지기도 하지만, 그분들은 내가 관심 없다, 바쁘다고 이야기할 틈도 주지 않고 내가 전화를 끊을 수 없도록 속사포처럼 말씀하신다. 그렇다고 갑자기 툭 끊어버리는 건 예의가 아니다 싶어 일단은 그분이 잠깐 숨을 쉬는 시간까지는 기다린다.

드디어 나에게 말할 기회가 주어지면 나는 대출을 받을 수도, 보험에 가입할 수도 없는 신분의 사람이라고 알려준다. 그러면 상대방이 의아해하며 도대체 어떤 신분이기에 대출이나 보험이 해당되지 않느냐고 물어보신다.

이제부터 대화가 시작되는 것이다. 나는 가톨릭 사제이고 더군다나 수도원의 신부이기 때문에 사유재산이 없을뿐더러 그런 상품은 개인적으로 가입할 수 없고 수도원에서 해준다고 설명해드린다. 그러면 저쪽에서는 이런 상담 전화를 한 경력이 꽤 되는데, 신부님과 통화해보는 것은 처음이라며 이것저것 물어보신다. 수도원은 어떤 곳이냐, 왜 수도자들은 결혼도 안 하고 사유재산도 없는지 등등 신기해한다. 이렇게 시작된 교리 문답 수준의 대화를 주고받다 보면 시간이 훌쩍 지나고, 이게 보험 권유 전화인지 예비 신자에게 통신 교리를 하는 것인지 헷갈리게 된다. 어쨌든 이렇게 저렇게 설명을 해드리면 그분도 많은 것을 알게 되었다며 고맙다는 말을 끝으로 통화를 끝내게 된다.

예수님은 가끔 이런 분들에게 이런 식으로 가톨릭을 알려주시는가 보다. 그분도 나중에 세례를 받으셨으면 좋겠다.

눈싸움

자고 일어났더니 밤새 눈이 내려 수북이 쌓였다. 온 세상이 하얗게 변해 참 아름다웠다. 기분도 좋았다. 수도원 강아지도, 수사님들도 하얗게 쌓인 눈을 무척 반가워했다. 아침 식사가 끝난 후 모두 빗자루와 눈 치우는 삽을 들고 나와 눈을 쓸고 길을 내었다. 눈을 한쪽으로 몰아서 쌓아놓으니 제법 눈 벽이 높았다. 누가 먼저랄 것도 없이 눈을 뭉쳐 눈사람을 만들기 시작했다.

그러다 한 수사님이 장난기가 발동하여 눈싸움을 걸기 시작했다. 곧 전쟁이 벌어졌다. 장난 삼아 살살 해도 될 것인데 무슨 눈싸움을 진짜 살벌하게 전쟁하듯 하는지 모르겠다. 결국 수세에 몰린 수사님 몇이 도망가기 시작했다. 빠져나갈 길이 없었는지 옆집 수녀원으로 도망을 쳤다. 우리는 도망간 수사님 몇몇을 쫓아갈까 하다가 불쌍해서 그냥 눈싸움을 멈추고 뒷정리를 하기 시작했다.

그런데 잠시 후 수녀원 쪽에서 요란한 소리가 들리더니 도망갔던 수사님들이 수녀님들에게 쫓겨 눈팔매를 맞으며 우리 쪽으로 도망을 오고 있었다. 수녀님들도 아침에 눈을 치우다가 수녀님들끼리 눈싸움을 하고 있었는데 맹한 우리 수사님들이 수녀원으로 도망갔다가 걸려서 수녀님들의 눈팔매를 맞기 시작했던 것이다. 수녀님들의 숫자가 워낙 많아서 감당이 안 되니 일단 살아야겠다는 생각으로 냅다 우리 쪽으로 도망을 친 것이었다. 우리는 눈싸움이 확대되는 것이 두려워 우리 쪽 문을 닫아 걸어버렸다.

문이 닫혀 들어오지 못한 도망자들은 안 봐도 비디오였다. 잠시 요란한 소리가 계속 나더니 이내 잠잠해졌고, 겨우 뒷동산으로 도망쳐 살아 돌아온 도망자 수사님들의 몰골은 참 비참했다. 눈탱이는 시뻘건 채 콧물은 주르륵주르륵, 머리는 다 젖은 채로 돌아왔다. 수녀님들, 잘하셨어요. 고마워요. 이 은혜 며칠 동안 잊지 않을게요.

너희가 회개하여 어린이처럼 되지 않으면,
결코 하늘나라에 들어가지 못한다.
그러므로 누구든지 이 어린이처럼 자신을 낮추는 이가
하늘나라에서 가장 큰 사람이다.

마태 8, 3-4

돈볼라 게임

크리스마스엔 많은 아이들이 산타클로스 할아버지를 기다리며 자기 전에 양말을 걸어놓는다. 자고 일어나면 일 년 동안 착하게 지낸 아이들에겐 산타클로스 할아버지가 선물을 주시고 그렇지 않으면 꽝이다. 수도원에서도 성탄절이 되면 각자의 이름이 적힌 큰 '양말'을 하나씩 나누어주고 선물을 주는 재미있는 게임을 한다. 이른바 '돈볼라 게임'이다. 이태리 수사님들이 전해준 놀이인데 이름이 왜 돈볼라인 줄은 모르겠다.

게임 방법은 이렇다. 참여한 모든 사람에게 번호가 적힌 카드를 하나씩 나누어주고 진행자가 큰 주머니에서 숫자가 적힌 알을 꺼내어 불러준다. 진행자가 불러준 번호가 자기 판에 있으면 바둑알로 표시를 한다. 그렇게 각자 받은 번호판이 진행자가 불러준 숫자로 꽉 채워지면 "돈볼라!" 하고 외치면 된다.

제일 먼저 돈볼라를 외친 사람에게는 모든 사람의 부러움을 살 만한 선물이 주어진다. 두 줄 채워진 사람에게는 과자를, 세 줄 채워진 사람에겐 주로 간단한 소모품이 주어지는데, 두 줄짜리, 세 줄짜리 선물엔 별 관심이 없고 모두들 돈볼라까지 간 사람에게 주어지는 선물에 탐을 낸다. 돈볼라 선물은 전기면도기, 오디오세트, 양주 등 값나가는 것들이라서 그렇다. 게임 중간중간에 진행하는 짬새퀴즈 맞춘 사람에게 주는 선물과는 비교가 안 된다. 서너 번의 돈볼라 당첨자들에게 선물이 주어지고 나면 마지막 돈볼라를 뽑게 되는데 이른바 '킹돈볼라' 순서다. 준비한 모든 선물들 중에 최고가의 선물이 마지막 킹돈볼라 당첨자에게 돌아가는 것이다.

너도 나도 킹돈볼라 선물을 받고 싶어 집중 또 집중한다. 행여나 진행자가 자기 번호를 불렀는데도 놓치고 지나갈까 봐 옆에서 찍소리라도 내면 조용히 하라고 난리다. 그리고 진행자가 자기 번호판의 숫자를 불러주지 않으면 왜 내 번호판 숫자를 불러주지 않느냐고 또 난리다. 이럴 땐 진짜 우리 수사님들, 청빈 서원한 사람들이 맞나 싶다. 어쨌든 킹돈볼라 당첨자가 나오고, 당첨자는 온 세상을 다 얻은 듯 펄쩍펄쩍 뛴다. 당첨되지 않은 나머지 사람들은 킹돈볼라 당첨자에게 쓸쓸히 영혼 없는 박수를 보내고 뒷정리를 한다.

나는 올해도 돈볼라 당첨 한 번도 안 됐다. 산타클로스 할아버지에게 딱지를 맞았다. 올 한 해 착한 일을 많이 안 해서 그런가 보다.

처음처럼

벌써 2020년 한 해의 마지막 주가 되었다. 올 한 해를 돌아보니 정말 많은 일이 있었다. 내 손과 발과 입을 보면서 지난 한 해 내 손은 어떤 일을 했나, 생각해본다. 그리고 내 발은 지난 한 해 나를 어디로 데리고 갔나? 내 입은 또 어떤 말들을 했나, 생각해본다. 하느님이 선물로 주신 내 육신이 다른 사람을 살리는 일에 쓰였는지, 괴롭히고 죽이는 일에 쓰였는지 손과 발과 입을 들여다본다.

손과 발은 나를 그리고 다른 사람을 좋은 곳으로 데리고 다닌 것 같은데, 이놈의 입이 문제다. 온갖 좋은 말들을 많이 쏟아내기는 했지만 손과 발이랑 따로 논 것 같다. 이렇게 살다가는 흔히 하는 말처럼 입만 천국에 가는 게 아닌가 싶다. 언행일치의 삶. 쉽지 않지만 꼭 살아내야 하는 덕목인데 그렇지 못한 지난 한 해 내 삶을 돌아보니 부끄럽다.

우리 바오로 가족 수도회를 창설한 복자 야고보 알베리오네 신부님은 신학생 시절인 1899년에서 1900년으로 넘어가는 마지막 밤, 그 세기를 넘기는 밤에 신학교에서 행해진 사회학자 토니올로 씨의 강연을 듣고 다가올 새로운 세기의 사람들을 위해 무언가를 해야겠다는 강한 묵상에 사로잡혀 거의 밤을 새워 성체 조배를 하셨다. 사회학자 토니올로 씨의 강연은 새로운 세기에는 매스미디어가 세상을 변화시킬 것이며 강력한 힘을 가진 매스미디어를 악의 세력이 이용하는 데 맞서 선한 사람들이 매스미디어를 활용하여 하느님의 말씀을 전해야 한다는 내용이었다. 어린 시절 야고보 알베리오네의 강한 결심이 결국 하느님의 인도하에 바오로 가족 수도회라는 열매를 맺은 것을 보면 처음 마음먹은 대로 변치 않고 일생을 보낸 창설자 신부님이 존경스럽다.

나는 수도자가 되는 첫 관문인 첫 서원식 때의 결심을, 초심을 잘 살고 있지 못해 부끄럽다. 하지만 지난날을 후회하기보다는 새로운 시작을 결심하는 게 좋을 것 같다. '끝'보다는 '시작'에 더 무게를 싣는 게 하느님의 뜻이지 싶다. 처음에 다짐한 마음을 끝까지 잃지 말자. 늘 처음처럼. 아자아자! 오늘 밤엔 '처음처럼'을 맘에 새기며 소주 한 잔 기울여야겠다.

신독

2021년 새로운 한 해가 시작되었다. 한 해를 새롭게 시작하며 신독慎獨이라는 말을 떠올려본다. 삼갈 신, 홀로 독, 신독. 자기 홀로 있을 때에도 도리에 어그러지는 일을 하지 않고 삼간다는 뜻으로 『대학』과 『중용』에 나오는 말이다. 이 말을 올해의 지표로 삼아 살고 싶다. 어느 누구의 평판에 좌지우지되지 않고 나 스스로 삼가 올바른 일을 행할 때 진정 자유로운 사람이 될 수 있을 것 같다. 지금까지는 사람들이 나를 어떻게 생각할까 고민하며 보여주기식 삶을 살아온 것 같다.

초기 양성기인 지원기를 보낼 때의 기억이 떠오른다. 수도원에서는 각자 개인 공간을 제외한 공동 구역을 청소하기 위해 청소 구역 당번이 정해진다. 복도, 화장실, 응접실, 성당, 식당 등 공동으로 사용하는 공간을 청소하는데 어떤 공동 구역은 혼자 청소하고 어떤 곳은 두세 사람이 함께 청소해야만 하는 공간도 있다. 그때 나는 아직 수련이 덜 되어서 그런지 혼자 청소하는 구역을 배당받는 것이 좋았다. 여럿이 함께 청소하는 구역을 맡으면 청소를 잘해도 책임자에게 칭찬받을 일이 없지만 혼자 청소해야 하는 구역을 잘하면 칭찬받을 수 있기 때문이었다.

한번은 혼자 청소하는 구역인 복도를 청소하는데 책임자 수사님께서 지나가시면서 "아이고, 우리 마조리노는 청소를 정말 열심히 잘하네." 하고 칭찬해주셨다. 그 칭찬 한마디에 얼마나 기분이 좋았는지, 우쭐해져서 정말 열심히 청소를 했다. 그러다가 책임자 수사님이 휴가를 가셨을 때에는 칭찬해줄 수사님이 없으니 청소를 대충대충 하는 부끄러운 일도 있었다. 수도원에 입회할 때 하느님께 내 삶을 봉헌하고 하느님께 칭찬받으려고 들어왔지 어떤 수사님에게 내 삶을 봉헌하고 칭찬받으려고 한 것이 아니었음에도 불구하고 사람에게 인정받으려는 유혹에 빠진 내 모습을 보고 실망하였다.

올 한 해는 삼갈 신, 홀로 독, 신독을 맘에 새기며 누가 보지 않더라도 열심히 청소를 해야겠다고 단단히 결심하는데, 어차피 수도원의 CCTV로 다 드러날 것이라 생각하니 대단한 결심도 아니지 싶다.

눈썰매

수도원에서 가까운 곳에 눈썰매장이 새로 생겼다. 우리는 눈썰매를 타고 싶다고 원장님을 조르기 시작했다. 원장님은 우리의 성화에 못 이겨 눈썰매장으로 가자고 결정하셨다. 그런데 고민이 생겼다. 썰매는 가서 돈을 주고 빌리면 되지만 장갑은 빌려주지 않았기 때문이다. 그렇다고 스키 장갑 같은 것을 돈 주고 살 수도 없는 형편이었다.

대부분의 수사님들은 가죽 장갑이나 털장갑만 가지고 있을 뿐 스키 장갑처럼 방수가 되는 장갑이 없는 탓에 눈썰매장을 못 가나 싶어 걱정들을 하고 있는데, 한 수사님이 기발한 아이디어를 냈다. 목장갑을 끼고 그 위에 설거지할 때 쓰는 빨간 고무장갑을 끼면 손도 따뜻하고 방수도 된다는 것이다. 기가 막힌 발상이었다. 다들 목장갑을 끼고 그 위에 고무장갑을 끼어보더니 아주 좋은 방수 장갑이 만들어졌다며 아이디어를 낸 수사님을 추켜세웠다.

이제 모든 걱정을 뒤로하고 우르르 눈썰매장으로 신나게 걸어갔다. 이미 많은 사람이 와 있었다. 아이들은 아빠엄마 손을 잡고 신나게 썰매를 타고 씽씽 내려오고 있었다. 보는 우리도 신이 나서 빨리 타고 싶었다. 입장료를 내고 빌린 썰매를 하나씩 끼고 썰매장 안으로 들어가니 핫도그, 떡볶이 등 군침이 도는 간식들도 팔고 있었다. 우리는 원장님을 졸라 핫도그 하나씩 입에 물고 준비해 간 비장의 방수 장갑을 착용하였다.

썰매를 타기 위해 정상으로 올라가는 우리를 사람들이 흘낏흘낏 쳐다보았다. 다 큰 어른들이 핫도그를 입에 물고 히죽히죽 웃으며 특이하게 생긴 장갑을 낀 채로 썰매를 끌고 올라가는 모습이 낯설었나 보다. 드디어 정상에 도착해 썰매를 타려고 줄을 서는데, 아주머니들이 작은 목소리로 애들을 불러 모으면서 하시는 말씀. "얘들아, 저 아저씨들 같이 타시게 이쪽으로 와라. 어디 시설에서 오셨나 봐. 양보해드려." 우리는 상황이 이상하게 돌아가는 것을 감지했지만 그게 무슨 대수랴. 썰매만 즐겁게 타면 됐지, 라며 양보해주는 사람들을 향해 고맙다고 인사하고 봅슬레이 선수 뺨칠 정도로 눈 언덕을 내리 달렸다. 신났다.

새해 달력

우리 수도원에서는 매년 탁상 달력을 제작한다. 한 해의 전례력과 더불어 일반 달력에 간단히 일정도 적어놓을 수 있는 예쁜 달력이라서 늘 인기가 좋다. 올해도 새로운 달력이 나와서 수사님들이 한 권씩 받아들었다. 식당에서 새로운 달력을 보며 누가 먼저랄 것도 없이 올해 연휴가 어떻게 되는지 달력을 가운데 놓고 신들이 났다. 1월에 연휴 3일, 2월에 연휴 4일을 확인하면서 다들 좋아라한다.

사실 우리에게는 연휴가 있다 하더라도 특별히 개인적으로 휴가를 내지 않는 다음에야 수도원에 머물러 있어야 하기에 연휴라는 것이 그다지 큰 의미가 없음에도 불구하고 새 달력만 나오면 연휴 헤아리기에 집중하며 신나게 논다. 늘 그렇듯 별거 아닌 일에 옹기종기 모여 수다를 떨고 재미를 찾는 게 수사님들의 장기이기도 하다.

그렇게 한참을 연휴가 있는 달엔 환호성을 지르고 연휴가 없는 달엔 아쉬운 탄식을 토하면서 11월까지 헤아리며 놀고 있는데 한 수사님이 갑자기 "그건 그렇고, 올해 크리스마스는 무슨 요일이야? 연휴야? 빨리 찾아보자." 하고 말했다. 다들 "그러게. 올해 크리스마스는 언제야? 무슨 요일이야? 빨리 찾아보자."고 한다. 토요일이다. 징검다리 연휴가 아니었다. 수사님들이 실망하고 있는데 또 다른 수사님이 "아까 자세히 안 봤지? 올해 부활절은 무슨 요일이야? 부활절도 징검다리 연휴가 아니었나?" 하고 물어본다. 다들 징검다리 연휴 찾느라 정신들이 없어서인지 다시 달력을 넘겨 부활절이 무슨 요일인지 찾아보는데, 지켜보던 원장 수사님이 한심한 듯 웃으시며 "아니 부활절은 당연히 매년 주일이지. 뭘 그걸 찾아봐? 다들 정신들이 없구먼." 하신다. 아하, 그렇지! 부활절은 항상 주일이지. 성금요일이 무슨 요일인지 물어보지 않길 다행이라며 다들 안도의 한숨을 내쉰다. 징검다리 연휴에 정신이 팔려서 기본적인 교리도 까먹은 채 부활절이 무슨 요일인지 찾아본 우리가 부끄러웠다.

여러분에게 닥친 시련은 인간으로서 이겨 내지 못할 시련이 아닙니다. 하느님은 성실하십니다. 그분께서는 여러분에게 능력 이상으로 시련을 겪게 하지 않으십니다. 그리고 시련과 함께 그것을 벗어날 길도 마련해 주십니다.

1코린 10, 13

산방산을 왜 여기서 찾아?

제주에 내려온 지 얼마 안 되어 어디가 어딘지 잘 모를 때 있었
던 일이다. 제주 교구에는 공식적으로 일곱 군데의 성지가 있다고
해서 가보기로 하였다. 먼저 제주시에 있는 관덕정, 황사평, 김기량
펠릭스 베드로 성지를, 그리고 서귀포시에 있는 용수성지, 대정성
지, 이시돌 목장을, 그리고 마지막으로 추자도에 있는 황경한의 묘
지를 둘러볼 계획이었다.

　제주도의 지리를 잘 모를 때였으니 내비게이션이 가르쳐주는 대
로 다니는데, 용수성지를 갔다가 성지에서 만난 제주도민이 멀지
않은 곳에 산방산이라는 명소가 있으니 가보라고 추천하였다. 많이
들어본 곳이라서 가보기로 마음먹고 차에 탄 후 '산방산'이라고 검
색을 하였다. '산방'이라는 두 글자까지만 입력했을 뿐인데 산방산
에 관련된 장소가 산방산 유람선, 산방굴사, 산방산 초가집 등 스무

곳이 넘게 검색이 되었다. 다 거기서 거기겠지, 라고 생각하며 제일 첫 자리에 올라온 '산방산 식당'을 눌렀다.

내비게이션에서 흘러나오는 낭랑한 음성이 시키는 대로 우회전, 좌회전하면서 목적지를 향해 달려갔다. 왼쪽에는 바다가, 오른쪽에는 돌담으로 둘러쳐진 밭들이 펼쳐져 있어서 운전하는 내내 제주는 참 아름다운 곳이라는 생각이 들었다. 그렇게 한참을 달리는데 표지판에 제주시라는 이정표가 보였다. 좀 이상한 생각이 들었다. 오늘은 서귀포시에 있는 성지와 명소를 다니려고 계획을 세웠던 터라 용수성지에서 만난 분이 소개해준 산방산도 서귀포에 있어야 하는데. 아무래도 그분이 내 의도를 모르고 제주시에 있는 명소를 소개해준 것 같았다.

어쨌든 제주도가 끝에서 끝까지 가봐야 얼마나 걸리겠느냐고 스스로를 위로하며 가는데 내비게이션이 시내로, 시내로 나를 인도한다. 점점 더 이상한 느낌이 들었다. 왜 산이 시내에 있지? 목적지까지 5분 남았다는 내비게이션의 설명을 듣고 일단은 끝까지 가보자고 생각했다. 마침내 목적지에 도착했다는 안내와 함께 다다른 곳은 진짜 '산방산 식당'이었다. 순간 뭔가 잘못되었다는 것을 깨닫고 식당 아저씨께 산방산이 어디 있냐고 물어보자, 아저씨 하시는 말씀. "산방산을 왜 여기서 찾아? 산방산은 서귀포시에 있는데." 순간 짜증이 확 났지만 누구를 탓할까? 내비게이션 잘못도 아니고 식당 주인아저씨 잘못도 아니고 경솔하게 검색한 내 탓인 것을……

다 골았수다

나는 부산에서 태어나 초등학교 2학년까지 살았기 때문에 경상도 사투리를 잘 알아들을 뿐 아니라 잘 구사하기도 한다. 그리고 수도원에는 여러 지방 출신들이 많아서 전라도 사투리, 충청도 사투리, 강원도 사투리도 잘 알아듣고 곧잘 흉내도 낸다. 하지만 제주도의 상황은 달랐다. 수도원에 제주 출신 수사님이 안 계실뿐더러 제주도 사람을 만난 적이 없기 때문에 제주도 방언은 정말 알아듣기 힘들고 흉내조차 낼 수 없었다. 지금이야 어느 정도는 알아듣고 몇 마디 정도 할 수 있지만 처음 제주에 왔을 때에는 정말 알아듣기 힘들었다. 특히 연세가 드신 어르신들이 제대로 된 제주 방언을 구사하실 때는 어디 외국에 와서 외국 사람이랑 대화하는 것 같았다. 제주 방언을 심하게 쓰지 않는 젊은 사람들의 말은 웬만하면 알아들을 수 있는데, 어르신들은 정말 오리지널 방언으로 말씀하시기 때문에 알아듣기가 여간 어렵지 않다.

나는 하루라도 빨리 어르신들의 말씀을 알아듣고 싶었고, 또 외지 사람이 제주 방언을 쓰면 다들 좋아하시기 때문에 열심히 공부하였다. 무는 놈삐, 감자는 지실, 문어는 뭉개, 그러니까라는 접속사는 게난, 많다는 말은 하영, 빨리빨리는 재기재기, 귀엽다라는 말은 아꼽다 등등 정말 배워야 할 방언들이 많았다.

열심히 공부하여 이제는 좀 제주 방언을 알아듣겠다 싶을 즈음, 부활 판공성사를 도와드리러 인근의 본당에 가게 되었다. 많은 사람이 고해 성사를 하였는데, 대부분 제주 방언을 심하게 쓰지 않아서 거의 다 알아들을 수 있었다. 아마도 내가 외지에서 온 신부라서 방언을 자제하신 것 같았다. 그러던 중 할머니 한 분이 오셔서 처음부터 제주 방언을 마구 쏟아내시는데 도무지 알아들을 수 없었다. 시간이 길게 느껴졌다. 이런저런 이야기를 하시던 할머니는 "에고, 신부님, 이젠 다 골았수다." 하시며 말씀을 더 이상 하지 않으셨다. 나는 할머니께서 아직 정정하신 것 같아 "다 늙었다니요? 그렇지 않아요."라고 위로했지만 할머니는 계속 '다 골았다'고 우기셨다. 할 수 없이 사죄경을 드리고 보내드린 후 나중에 다른 사람에게 '다 골았다'라는 말이 무슨 뜻인지 물어보았더니 '다 말했다'라는 뜻이란다. 모든 죄를 다 고백했다고 하신 할머니께 "그렇지 않아요."라고 했으니 할머니도 나를 이상하게 생각하셨을 것 같다.

감옥 체험

영국이 유럽 연합에서 탈퇴했다는 뉴스를 접했다. 뉴스를 보고 있자니 영국과 관련한 슬픈 체험이 떠오른다.

한국 바오로 수도회의 관구장 소임을 마쳤을 무렵 총장님께서 영국 바오로 수도회에 지원 나갈 수 있느냐고 말씀하셨다. 순명의 차원에서 수락하고 어렵사리 비자를 받아 영국으로 향했다. 날씨도, 언어도, 물가도 적응하기 어려웠다. 하지만 수도원에서 기차로 1시간 정도 거리에 있는 한인 성당에 성무 지원을 나가면서 힘겨웠던 영국 생활의 형편이 조금 나아졌다. 맛있는 한국 음식도 얻어먹고, 한국어로 미사와 특강을 할 수 있었다. 무엇보다도 한인 성당 본당 신부님이 잘 챙겨주셔서 참 고마웠다.

그렇게 일 년 반을 영국에서 지내다가 한국으로 귀국하게 되었는데, 그로부터 일 년쯤 지난 후에 영국 한인 성당 신부님께서 한 달간 한국에 들어오실 일이 있어서 나에게 한인 성당 사목을 부탁하셨다. 나는 영국에 있을 때 진 신세를 갚기 위해 한인 성당 측에서 보내준 비행기 표를 들고 영국행 비행기에 올랐다.

장거리 비행을 마치고 공항에서 입국 심사를 받는데 공항 직원들이 갑자기 나를 어디론가 끌고 갔다. 한참 동안 기다리다가 아무 이유도 모른 채 호송차에 실려 어딘지도 모르는 곳으로 향했다. 도착한 곳은 담이 엄청나게 높고 문을 몇 개나 통과해야 들어갈 수 있는 교도소 같은 곳이었다. 정확히는 불법 입국을 시도하다가 걸린 사람들을 수용하는 곳이었다.

그곳에 도착하자마자 모든 짐을 압수당했다. 앞쪽과 옆쪽 모습의 사진을 찍힌 뒤 수용소 직원들을 따라 들어간 곳은 서양 영화에서나 본 교도소와 똑같았다. 나를 마중 나온 영국 한인 성당 사목회장님은 내가 끌려간 사실을 알고는 나를 꺼내기 위해 백방으로 수소문하였지만 속수무책이었다.

나는 꼬박 하루를 독방에서 지내고 다음 날 아침 식사를 하기 위해 긴 줄에 섰다. 배식되어 나온 음식은 오트밀이었는데, 내가 보기에는 꿀꿀이죽이었다. 먹는 둥 마는 둥 아침을 해결하고 나니 수용소 직원이 따라오란다. 나는 다시 공항으로 향했고 한국행 비행기에 올랐다. 동행한 수용소 직원이 승무원에게 내 여권을 건네주었다. 내 옆자리에 앉게 된 승객은 내가 무서웠던지 자리를 바꿔달라고 요청했다. 완전히 죄인이 된 기분이었다.

곰곰이 생각해보다가 이런 결론을 얻었다. 만약 내가 영국에 입

115

국했다면 나에게 또는 한인 성당 신부님께 안 좋은 일이 생길 수 있었기에 하느님께서 막으신 거라고. 덕분에 감옥 체험도 해보고 말이다. 참 별일이 다 있다 싶어 지나간 하루를 돌이켜 생각하니 키득키득 웃음이 나왔다. 그러다가 비행기가 이륙하는 줄도 모르고 나는 잠이 들었다.

벌레 취급

코로나 바이러스 때문에 온 인류가 어려움을 겪고 있다. 하루 빨리 코로나 바이러스의 위협으로부터 벗어나고자 많은 사람이 기도하고 노력하고 있다. 코로나는 어느 특정한 사람에게만 위협적인 것이 아니라 우리 모두에게 가까이 다가와 있다. 어느 누구도 코로나의 영향으로부터 자유롭지 못할 것이다.

나는 코로나 바이러스로 팬데믹이 선포되기 직전에 교우들과 함께 이스라엘 성지 순례를 갔다. 성지 순례를 시작한 지 오래지 않아 이스라엘 방송을 통해 우한 바이러스에 관한 소식이 전해지기 시작했다. 며칠 사이에 우한 바이러스라는 이름 대신 코로나 바이러스라는 이름이 붙더니 급기야 세계 보건 기구에서 팬데믹을 선포했다. 상황이 급변했다. 성지 순례를 다니는 중에 가끔 현지인들이 우리 일행을 조롱하는 일까지 생겼다. 그들은 우리가 지나가면

"차이나, 차이나.", "우한, 우한." 하면서 놀려댔다. 기분이 몹시 언짢았다. 그런 중에도 기도하는 마음으로 성지 순례를 마치고 일정을 마무리할 즈음 현지 방송국에서 한국 신천지 교회발 확산세를 보도했다. 그 뉴스를 보면서 한국도 걷잡을 수 없는 상황이구나 하는 걱정이 들었다.

아침 일찍 서둘러 귀국행 비행기를 타러 공항으로 가는데, 갑자기 현지 가이드께서 어디선가 연락을 받으시더니 당황해하시며 하시는 말씀이, 우리가 타고 가야 할 비행기가 이스라엘 정부의 명령으로 회항한다는 것이었다. 우리 모두는 순간 멘붕에 빠졌다. 공항에 도착하니 한국 대사관에서 사람이 나와 있었다. 그들은 한국으로 돌아갈 비행기를 마련하기 위해 이리 뛰고 저리 뛰며 경황이 없었다. 오도 가도 못하는 상황이 되어버렸다. 우리는 꼼짝없이 공항에 갇힌 채 다른 나라를 경유하여 한국으로 가는 표를 구하기까지 이틀이나 공항에서 노숙을 해야 했다.

그 이틀 동안 참 다양한 체험을 하였다. 지나가면서 우리를 보며 벌레 보듯 눈살을 찌푸리는 사람들이 있는가 하면, 반대로 우리에게 물이나 빵을 주고 가신 분들도 있었다. 나는 그때 예수님이 떠올랐다. 예수님은 모두가 더럽고 불경하다고 피해 가는 나병 환자들과 죄인들을 따뜻하게 대해주시지 않았던가. 어차피 겪을 코로나라면 이 어려운 상황에서도 우리는 무엇인가를 깨닫고 지나가야 할 것이다. 이스라엘 백성이 이집트를 빠져나오며 겪은 고통에서 많은 것을 깨달았듯이 말이다.

띄어쓰기

우리글에는 띄어쓰기 규칙이 있다. 이 규칙을 어기면 의미가 완전히 달라지는 경우가 있기 때문에 조심해야 한다.

우리말 퀴즈에 띄어쓰기 규칙 문제가 나오면 정답을 맞히기가 쉽지 않다. 태어나면서부터 써온 말임에도 불구하고 띄어쓰기 규칙은 어렵다. 조사는 앞 말에 붙여 써야 하는 규정, 의존명사는 앞 말과 띄어 써야 하는 규정, 고유명사는 단어별로 띄어 써야 하는 규정 등등 알아야 할 규칙들이 제법 많다. 전문 교정가가 아닌 다음에야 이 규정을 명확히 알고 있는 사람이 드물다.

글을 쓸 때에도 그렇지만 글을 읽을 때에도 띄어 읽기를 잘해야 의미가 제대로 전달된다. 그렇지 않으면 우스운 일이 생기기 마련이다. 예를 들어 '아버지가 방에 들어가신다'를 띄어 읽기를 잘못했을 때는 '아버지 가방에 들어가신다'라고 의미가 완전히 달라져버린다.

수도원에서 기도를 바칠 때나 성경 구절을 읽을 때에도 띄어 읽기를 잘못해서 우스운 일이 벌어지기도 한다. 성무일도 기도를 바칠 때 주송자가 후렴구 앞부분을 선창하면 수사님들이 그 뒤를 합송하며 따라가는데, 그날 시편 후렴구에 '나는 / 요나의 기적밖에는 따로 보여줄 것이 없다.'라는 내용이 있었다. 주송자가 "나는~" 하고 선창을 하면 우리 모두가 "요나의 기적밖에는 따로 보여줄 것이 없다." 하고 응답을 하면 되는데 주송자가 "나는요~"라고 선창하는 바람에 우리 모두 "나의 기적밖에는 따로 보여줄 것이 없다." 라고 응답을 해버렸다. 여기저기서 킥킥대며 웃었다.

기도가 끝나고 주송자에게 왜 "나는요~" 하고 선창을 했냐며 실수를 지적해주는데 주송자가 자기의 성무일도서를 보여주면서 "수사님들, 제 성무일도서에는 '나는요 / 나의 기적밖에는'이라고 씌어 있어요." 하는 것이다. 우리가 의심을 품은 채 그 수사님의 성무일도서를 들여다본 순간, 황당하게도 진짜 그 수사님의 성무일도서에는 띄어쓰기가 이상하게 인쇄되어 있었다. 이른바 파본이었던 것이다. 하필 주송하시는 수사님의 성무일도서가 인쇄가 잘못된 파본이어서 선창을 잘못했던 것이다. 예수님의 말씀이 왜곡되는 사건이 벌어졌다며 그 수사님은 의기소침해졌지만, 하느님이 그런 일로 벌을 주지는 않으시겠지?

노루

제주 분원에 살면서 제주 성지 순례 안내 봉사를 많이 하였다. 한 달에 한 번 육지에서 제주 교구에 있는 성지 일곱 곳을 순례하러 오는 사람들에게 성지의 역사와 의미를 설명해주고 묵상도 함께 하며 2박 3일 일정을 보낸다. 빡빡한 일정이지만 제주의 역사와 자연을 탐방해보는 시간도 할애하여 4.3 평화 공원과 일제 강점기의 흔적들을 돌아보는 이른바 다크 투어dark tour, 역사적으로 비극적인 현장을 둘러보는 여행를 포함하여 아름다운 해변과, 제주어로 곶자왈이라고 일컫는 숲길도 체험하는 시간을 가졌다. 이런저런 제주에 관련된 서적들과 영상물들을 보며 공부하고 직접 체험한 것들을 사람들에게 설명해주면 육지에서는 경험해보지 못하고 처음으로 알게 된 제주의 숨은 모습들을 보고 들으면서 많은 분들이 좋아하셨다.

한번은 함덕 해수욕장의 아름다운 해변을 일행들과 산책하던 중

돌고래 떼가 지나가는 것을 목격하게 되었다. 제주에 살면서도 자주 볼 수 없었던 돌고래 가족의 이동을 목격하며 탄성을 지른다. 일행들은 신부님과 함께 성지 순례를 다니니까 이런 행운을 하늘이 허락해주신다며 나를 치켜세운다. 나는 우쭐해지는 마음을 애써 숨기며 이게 다 일행분들이 덕을 많이 쌓아서 하늘이 허락해준 것이라고 말하고, 서로들 즐거워한다.

어떤 날에는 이시돌 목장이나 곶자왈을 둘러보는 중에 노루를 보게 되는 행운을 만끽하기도 한다. 까만 눈동자에 엉덩이에 하트 모양의 하얀 털이 있는 노루를 보면 너무나도 이뻐서 행여 도망이라도 갈까 봐 숨죽여 노루 가족의 이동을 지켜보게 된다. 그럴 때면 돌고래를 목격했을 때처럼, 사람들이 신부님과 함께 다니니까 이런 행운을 하늘이 허락해주신다며 또 나를 치켜세운다. 그러면 나도 이 모든 것이 일행분들이 덕을 많이 쌓아서 그렇다며 서로 추켜세우고 즐거워한다.

한번은 충북 괴산에서 성지 순례 일행이 왔는데 그때도 노루 가족을 맞닥뜨렸다. 행여 달아날까 낮은 목소리로 "저기 노루 가족이 있네요. 이렇게 노루를 보는 게 흔한 일은 아닌데 여러분이 덕을 많이 쌓아서 이렇게 노루를 보는 행운을 누리네요." 하고 분위기를 띄웠는데 그분들이 하시는 말씀. "아이고, 신부님, 우리는 노루 지긋지긋해요. 저놈들이 우리 밭을 얼마나 망치는 줄 아세요?" 하며 노루들을 쫓아버렸다. 나는 할 말을 잃어버렸다. '이런, 노루가 모두에게 신기한 건 아니구나.'

필리핀 영화관 나들이

신학생 시절 수도원의 배려로 겨울 방학 기간 동안 필리핀 바오로 수도회에서 영어 연수를 할 수 있는 기회를 얻게 되었다. 처음 나가보는 해외라 설레기도 하고 긴장도 되었다. 두 달 동안 다닐 영어 학원비를 제외하고 200달러를 용돈 겸 생활비로 받아 떠났다.

난생 처음 가본 필리핀 공항의 모습은 한국의 그것과는 사뭇 달랐다. 필리핀은 한국 전쟁 전후에는 우리보다 훨씬 부유한 나라였지만 어떤 이유에서인지 시간이 흐를수록 한국의 경제 상황보다 더 열악해졌단다. 그래서 그런지 공항의 모습은 한국보다 훨씬 초라했다. 마중 나온 수사님을 따라 수도원으로 향하는 도로도 우리나라의 도로보다 불편했고, 교통 혼잡도 상당했다.

필리핀 바오로 수도회 수사님들의 따뜻한 환영을 받고 방을 배정받았는데, 방에 도마뱀이 돌아다녀서 깜짝 놀랐다. 도마뱀들과 눈싸움을 하며 잠을 설친 후 아침 미사를 하는데 성당에 신자들뿐만 아니라 많은 강아지들이 제대 앞 복도에 엎드려서 미사에 참석하는 것을 보고 놀랐다. 미사 후의 식사 때에는 식단을 보고 다시 한 번 놀랐다. 찰기 없는 쌀에 반찬은 말린 멸치와 양념간장, 튀긴 바나나 그리고 탄산 음료였다. 한국 떠난 지 하루 만에 김치 생각이 간절했다. 어쨌든 그렇게 식사를 마치고 주방 책임 수녀님께 인사를 드리는데 제법 많은 여자아이들이 함께 일하고 있었다. 나는 그 아이들이 너무 귀엽고 대견해서 다음 날 크리스마스 선물로 영화를 보여주겠다고 약속했다.

다음 날 오전, 받아온 달러 용돈을 필리핀 돈으로 바꾸려고 필리핀 수사님과 함께 환전소로 향했다. 내가 100달러짜리 지폐를 길거리에서 꺼내니 그렇게 큰돈을 길거리에서 꺼내면 안 된다고 필리핀 수사님이 놀라셨다. 나는 100달러짜리 지폐가 뭐 그렇게 놀랄 정도로 큰돈인가 하고 의아해하는데 수사님 말씀이, 100달러면 수도원에서 일하시는 사람들의 월급이라고 하신다.

저녁 식사 후 아이들이 일을 마치고 영화관에 가기 위해 정문 앞에 모였는데, 모두 하얀 드레스를 입고 수녀님과 함께 서 있었다. 나는 영화관에 가는데 왜 이렇게 채비를 차렸는지 궁금했다. 그런데 아이들 말이 난생 처음 영화관에 가본다는 것이었다. 크리스마스 선물로 영화관에 가서 너무 좋다며 나를 산타클로스 신부라고 안아주었다. 그 아이들이 보고 싶다.

곤돌이

나는 수원 가톨릭 대학교를 졸업했다. 당시 신학교까지 걸어서 40분 정도 걸리는 거리의 태봉산 산자락에 있는 수원 분원에서 다녔다.

시골 산자락에 있는 집이어서 남은 음식물이 생기면 밭에 거름 삼아 뿌리면 그만이었다. 그러다가 원장 신부님이 곤지암에서 얻어 온 곤돌이라는 이름의 잡종개가 온 이후로 잔밥은 모두 곤돌이 차지가 되었다. 곤돌이는 참 자유롭게 자란 놈이었다. 요즘 도시에서는 반려견을 잘 단속해야 하지만, 당시 시골에서 자란 강아지들은 구속받지 않고 여기저기 아무렇게나 동네 마실을 다니며 자유분방하게 자랐다. 아무렇게나 키워도 되는 잡종견이라 그랬는지 동물병원에 자주 데려가지도 않았다. 그래도 잔병치레 안 하고 씩씩하고 튼튼하게 잘 자라주었다.

그런데 어느 날 갑자기 이놈이 어디서 뭘 잘못 얻어먹고 왔는지 계속 토하고 설사를 하며 우리가 주는 음식을 쳐다보지도 않는 것이었다. 우리 신학생들은 너무 놀라고 안쓰러워서 곤돌이를 차에 태워 읍내에 있는 가축병원으로 데리고 갔다. 난생 처음 병원에 간 곤돌이는 주눅이 들고 무서워서 떨고 있었다. 가축병원 원장님은 곤돌이를 진찰해보시더니 설사의 원인을 정확히 모르시겠다며, 일단 주사를 맞히기는 했지만 최악의 경우 목숨을 잃을 수도 있다는 충격적인 말씀을 하시면서 일단 집으로 데려가라 하셨다. 한 수사님은 더 크고 좋은 병원으로 가볼까 하고 제안했지만, 원장 신부님이 그냥 수도원으로 데리고 오라고 하셔서 안타까운 마음을 안은 채 곤돌이를 데리고 돌아갔다.

　그런데 다음 날 곤돌이가 사라져버렸다. 수도원 근처를 돌아다니며 곤돌이를 찾아보았지만 도저히 찾을 수가 없었다. 개들이 죽을 때가 되면 집을 떠난다는 말을 들은 적이 있다며 모두들 슬픔에 잠긴 채 곤돌이의 명복을 빌어주었다. 그런데 놀라운 일이 벌어졌다. 사흘 뒤에 곤돌이가 살아서 돌아온 것이었다. 원장 신부님은 이놈의 곤돌이가 살기 위해서 산에 들어가 약이 될 만한 풀을 뜯어먹고 살아났다고 하셨다. 우리는 살아 돌아온 곤돌이를 끌어안은 채 곤돌이의 부활을 다함께 기뻐하였다. 곤돌아, 부활을 축하해.

여러분의 모든 걱정을
그분께 내맡기십시오.
그분께서 여러분을 돌보고 계십니다.

1베드 5, 7

미더덕찜

수도원에는 팔도 사나이들이 다 모여 있다. 서울·경기 출신, 강원
도·전라도·충청도·경상도 출신들이 섞여 있다. 전국 팔도에서 자
랐고 같은 피를 나눈 혈연관계도 아니지만 수도원에서는 한 형제로
서 지연, 학연, 혈연을 떠나 성체적 인연으로 가족을 이루어 살아간
다. 하지만 수도원에 오기 전에 쓰던 사투리나 지역별 음식에 대한
선호도는 여전히 남아 있다.

김치만 해도 지역별로 그 맛이 다 다르고, 추어탕을 예로 들어도
경상도식 추어탕과 강원도식 추어탕, 서울·경기 지역 추어탕이 또
다르다. 경상도 사람들은 추어탕에 산초 가루를 뿌려 먹어야만 제
대로 된 추어탕이라 우기고, 그 외 지역 사람들은 산초 가루의 특
유한 향 때문에 거부감을 가지기도 한다.

한번은 수사님들이 외식을 하러 나갔는데 무엇을 먹을까 고민하

다가 해물탕과 찜을 파는 식당이 있어서 들어가게 되었다. 다양한 종류의 탕과 찜이 있었는데 우리는 의견을 모아 미더덕찜을 시키게 되었다. 얼마간의 시간이 지난 후 미더덕찜이 나왔는데 충청도 내륙이 고향인 수사님이 미더덕찜을 한참 뒤적이더니 "아니, 미더덕찜을 시켰는데, 왜 더덕이 하나도 없고 멍게 새끼같이 이상하게 생긴 재료와 콩나물뿐이야."라며 의아해한다. 우리는 멍게 새끼같이 생긴 게 바로 미더덕이라는 해물 재료라고 설명해주었다. 그랬더니 충청도 내륙이 고향인 수사님이 "나는 미더덕찜이라고 해서 더덕 요리인 줄 알았어. 미더덕은 처음이야."라며 미리 설명을 해주지 않은 우리에게 한마디 한다. 그러면서 우리가 못 미더웠던지 인터넷을 검색해본다. 그 수사님은 혼자 쑥스러운 웃음을 짓더니 "인터넷 검색해보니까 바다의 더덕이라서 미더덕이라고 하네요." 한다.

그래, 맞다. 산에서 나는 더덕이 아니라 바다에서 나는 더덕이니 비슷하긴 하다. 미더덕과 오만둥이는 구별이 쉽지 않아 헷갈릴 수도 있다지만 미더덕과 더덕을 구분 못하는 수사님 때문에 그렇게 한바탕 웃고 맛있게 미더덕찜을 즐겼다. 그런데 이상하게 충청도 수사님의 빈 그릇에는 미더덕 껍데기가 하나도 없었다. 우리가 미더덕 껍데기가 어디 있냐고 물었더니 다 먹는 것인 줄 알고 억지로 씹어 먹었단다. 아니, 외국 사람이 출연하는 〈어서와 한국은 처음이지〉 촬영하는 것도 아니고 이게 무슨 시추에이션이람?

설 풍경

우리 민족 최대의 명절인 설. 현대 사회에서 전 세계는 그레고리력(양력)을 표준 달력으로 쓰기 때문에 공식적인 새해의 첫날은 양력 1월 1일이지만, 동아시아의 일부 국가들, 음력을 함께 쓰는 나라들은 전통적으로 음력 1월 1일을 설날로 지낸다. 우리나라도 양력 1월 1일은 한 해의 첫날 정도로 생각하고 음력설을 우리 민족의 고유한 명절로 더 중요하게 생각한다. 그래서 수도원에서도 양력 1월 1일보다는 음력설에 이런저런 행사를 많이 하게 된다.

일 년에 한두 번 입어보는 한복도 꺼내 입고 수도원의 어르신들에게 세배를 한다. 가족 수도회 어르신 수녀님들께 세배를 드리면 덕담과 더불어 사탕을 세뱃돈으로 주시고, 우리 수도회 어르신 수사님들께 세배를 드리면 덕담과 더불어 거금 5천 원을 세뱃돈으로 주신다. 받은 세뱃돈을 가지고 무엇을 할까, 기쁜 고민을 하면서 설

음식을 장만해주시는 수녀님들을 도와드린다. 수녀님들과 함께 갈비도 재고 전도 부치고 떡국도 끓여 내니 수도원에 맛있는 음식 냄새가 가득하다.

먹는 즐거움뿐만 아니라, 오래간만에 함께 모여 이런저런 놀이를 하는 것도 설의 재미 가운데 하나다. 설 연휴가 길다 보니 원장 수사님께서 연휴 일정을 꼼꼼하게 짜신다. 연휴 첫날은 오후에 물통 축구를, 둘째 날은 모두 함께 윷놀이를, 셋째 날에는 다 함께 등산을 간다. 지방 분원에 있는 수사님들도 모두 명절을 지내러 올라오니 물통축구를 해도, 윷놀이를 해도 시끌벅적하다. 수도원 좁은 마당에서 물통축구를 하는데 보통 때 같으면 10명이지만 명절에 다들 모이니 20명이 우르르 공을 쫓아다니는데 사람이 많아서 축구공이 어디 있는지 보이지도 않는다. 먼지만 가득하다.

윷놀이를 할 때도 사람들이 많으니 4팀으로 나누어 게임을 하게 되는데, 우승 팀에게는 꽤 묵직한 선물이 주어지기 때문에 윷놀이가 꽤 치열하다. 낙을 하여 팀에 민폐를 끼친 사람에게 쏟아지는 야유 소리, 모가 나왔다고 지르는 기쁨의 환호 소리, 뒷말에게 잡혀 끌려 내려올 때 터지는 곡소리로 수도원 회의실은 들썩들썩하고 귀가 멍멍하다. 말판을 잘못 놓았다고 평생 들을 욕을 다 듣고 시무룩해진 수사님은 원장님이 따라주는 막걸리에 언제 그랬냐는 듯 또다시 말판을 놓는다. 이렇게 또 한 해가 시작된다.

로스앤젤레스

수도원 저녁 식사로 LA 갈비가 나왔다. 밥도둑인 LA 갈비를 맛있게 먹다가 왜 이 갈비가 LA 갈비라는 이름을 갖게 되었는지 열띤 토론이 벌어졌다.

한 수사님이 먼저 자신의 주장을 펼친다. 미국에서 한국으로 자국산 쇠고기를 판매하기 위해 여러 가지 마케팅을 펴던 중 한국 사람에게 수입육에 대한 좋지 않은 이미지를 없애기 위해 그런 이름이 나왔단다. 특히 LA는 미국에서 한인이 가장 많이 사는 지역으로, 이민 초기에 LA 지역의 한국 이민자들이 값싸게 많이 먹을 수 있는 갈비를 즐겼고, 그래서 LA 갈비라는 명칭이 한국인의 거부감을 없앨 수 있다고 판단하여 그런 이름이 생겼다는 것이다.

그러자 다른 수사님이 이에 반박하여 주장을 펼친다. LA 갈비는 갈비를 절단하는 방법에 따라 붙인 이름으로, 미국 LA산 갈비가 아니라, 'LA' 방식으로 절단한 갈비라는 것이다. LA의 L은 영어 'Lateral측면의'의 앞 글자이고 A는 'Axis축, 중심선'의 앞 글자를 의미하는 것으로, 절단할 때 갈비 방향을 따라 길게 자르는 것이 아니라 갈비의 수직 방향으로 갈비뼈의 단면이 보이도록 자르는 것을 의미하기 때문에 LA 갈비라는 이름을 가지게 되었단다.

　이 두 수사님의 주장에 수도원 식당은 두 패로 나뉘어 이것이 맞다, 저것이 맞다 하며 열띤 토론을 벌이는데, 한 수사님은 그저 말없이 LA 갈비를 열심히 먹고 있다. 우리는 열심히 드시고만 계시는 수사님께 어떻게 생각하느냐고 물었다. 그랬더니 그 수사님은 "나는 LA에 관해 안 좋은 경험이 있어서 별로 관심이 없네요." 하신다. 무슨 안 좋은 경험이냐고 물었더니, 오래전에 미국에 갈 일이 있어 대사관에 비자를 받으러 가서 왕복 항공권을 제출했을 때 담당 직원이 "로스앤젤레스로 가셨다가 뉴욕에서 나오시네요?"라고 묻기에 "아뇨, 저는 LA에 가는데요?" 했다가 망신을 당했단다.

개여, 닭이여?

사순 시기가 시작되었다. 재의 수요일에 머리에 재를 얹고 회개하며 '복음을 믿으십시오'라는 권고에 따라 사순 시기 동안 회개의 삶을 살아야겠다고 다짐해본다. 사순 시기에는 육신의 탐욕을 절제하고 영혼의 양식을 많이 섭취하여 영적 성장을 이루어내야 하는 거룩한 시기다. 그래서 육신은 금육이나 단식을 하면서 조금은 힘들겠지만 영혼은 그를 통해 즐거워할 것이다. 하지만 이 거룩한 여정을 질투하고 방해하는 존재가 있으니 바로 마귀다. 이상하게 사순 시기만 되면 식욕이 더 왕성해지고 유혹을 많이 받는다. 특히 금요일만 되면 꼭 고기를 먹을 기회가 주어져서 더 힘들다.

한번은 사순 시기 동안 육신의 재계齋戒를 잘 지키다가 그만 유혹을 이기지 못하고 몇몇 수사님과 함께 다른 수사님들 몰래 몸보신이나 하자면서 수도원 앞에 있는 사철탕 집으로 갔다. 유혹자의 유

136

혹에 넘어가고 말았다. 그나마 금요일이 아니라는 이유로 스스로를 변명하며 간 사철탕 집. 보신탕을 좋아하는 수사님은 보신탕을, 보신탕을 못 먹는 수사님은 삼계탕을 주문하였다.

주인아저씨가 보글보글 끓는 탕을 큰 쟁반에 여러 그릇 담아 오시더니 "누가 개여?" 하신다. 보신탕을 주문한 수사님은 얼떨결에 "아저씨, 제가 개예요." 한다. 주인아저씨가 이어서 "닭은 누구여?" 하시자 삼계탕을 주문한 수사님이 얼떨결에 "아저씨, 제가 닭이에요." 한다. 틀린 말은 아닌데, 영 분위기가 이상해졌다. 내가 개라니, 내가 닭이라니. 말도 안 돼, 난 인간인데. 기분이 상했지만 주인아저씨에게 뭐라고 할 수도 없고……. 사순 시기에 몰래 고기를 먹으러 왔으니 그런가 보다 하며 씁쓸히 그리고 게걸스럽게 먹고 있는 우리가 한심스러웠다.

며칠 안에 고백 성사를 보러 간 나는 신부님께 "신부님, 저는 개입니다." 하고 고백하며 회개의 삶을 다시 결심했다. 주님, 저를 다만 악에서 구하소서!

선크림 샴푸

화창한 주말 수사님들과 함께 자전거를 타기로 했다. 각자 물병도 챙기고 간단한 간식을 챙겨 마당에 모였는데 한 수사님이 늑장을 부려 내려오지 않기에 방에 가봤더니 이것저것 챙기느라 정신이 없었다. 빨리 가자고 보채니 선크림 좀 바르고 간단다. 얼른 바르고 나가자고 보챘더니 화장실에 들어가 선크림을 듬뿍 바르고 나왔다. 그런데 선크림이 얼굴에 스며들지 않았는지 허연 거품 같은 것이 묻어 있었다. 그래도 급하니까 빨리 가자고 보채어 대충 얼굴을 토닥거린 후 자전거를 타고 나갔다.

신나게 자전거를 타고 한참을 달리다가 힘이 들어서 잠시 쉬기로 했다. 준비해온 간식을 꺼내 먹고 있는데 선크림을 바르고 온 수사님의 얼굴이 벌겋게 달아올라 있었다. 우리가 그 수사님께 얼굴이 벌겋다고 말했더니 안 그래도 얼굴이 좀 화끈거리고 이상하단다.

선크림을 발랐는데도 효과가 없는 것 같다며 손으로 얼굴을 비비기 시작하는데 출발할 때처럼 또 허연 거품 같은 것이 일어나기 시작했다. 우리는 유효 기간이 지난 선크림을 발라서 그런가 보다 했다.

그렇게 신나게 자전거를 타고 나서 수도원에 도착한 후 얼굴이 벌겋게 일어난 수사님의 방에 가서 유효 기간이 지난 선크림은 버려야 한다고 일러주는데, 그 수사님이 들고 나온 선크림은 선크림이 아니라 헤어린스였다. 선크림이 아니라 헤어린스를 얼굴에 듬뿍 발랐으니 허연 거품이 일어날 수밖에 없었던 것이다. 그 사실을 알게 된 수사님은 우리가 하도 빨리 가자고 보채는 바람에 급하게 나가느라고 그랬다며 씩씩거린다. 샤워를 하고 내려온 수사님의 얼굴은 여전히 벌겋게 상기되어 있었고, 결국 다음 날 피부과 신세를 질 수밖에 없었다.

"어떠한 눈도 본 적이 없고 어떠한 귀도 들은 적이 없으며 사람의 마음에도 떠오른 적이 없는 것들을 하느님께서는 당신을 사랑하는 이들을 위하여 마련해 두셨다."

1코린 2, 9

열혈 사제

수사님들과 함께 〈검은 사제〉라는 영화를 보았다. 마귀에게 사로잡힌 한 소녀를 구마 예식을 통해 구해내는 한 사제와 부제의 이야기였다. 무척 흥미로웠다. 실제 구마 행위는 우리 교회 안에서 행해지고 있고, 구마 사제의 자세나 예식 그리고 마귀의 계략이 제대로 표현되어 있어서 참 재미있게 보았다.

비단 이 영화뿐만 아니라 대중 매체에서 사제들의 이야기를 담은 드라마나 영화가 많이 나오는 것 같다. 언젠가 〈열혈 사제〉라는 드라마도 많은 사람들이 즐겨 보았던 것으로 기억한다. 어쨌든 교리나 전례 상식을 크게 벗어나지 않는 영화라면 믿지 않는 사람들에게 선교 차원에서 도움이 된다고 생각한다. 아무래도 소재 자체가 교회적인 것이면 일반 사람들이 관심을 가지고 대화를 시작하기에는 좋은 것 같다.

언젠가 본당으로부터 미사 집전을 부탁받아서 갔을 때의 일이다. 미사 시작 전에 고해 성사를 드리고 미사 시간이 되어 제의실에 들어가는데 미리 온 복사 아이들이 인사를 한다. 그러면서 나에게 "처음 보는 신부님이신데 어디서 오셨어요?"라며 나에 대해서 물어본다. 나는 농담으로 "그건 개인 정보인데요."라며 안 가르쳐준다고 했더니, 웃으면서 다시 어디서 오신 분이냐고 묻는다. 나는 "제주교구 신부님이 아니고 수도회에서 온 신부예요. 오늘 본당 주임 신부님 대신 미사하러 왔어요." 하고 대답했다. 그랬더니 통통한 꼬마 복사 아이가 나에게 하는 말이 "그럼, 신부님도 열혈 사제예요?" 하고 물어본다. 나는 "열혈 사제? 열혈 사제가 뭔데?" 하고 물어보았다. 복사 아이는 "신부님은 텔레비전도 안 보세요? 〈열혈 사제〉 엄청 인기인데요, 텔레비전에 나오는 열혈 사제가 수도원에서 오신 신부님이시거든요. 그래서 신부님도 수도원에서 오셨다고 하니까 열혈 사제가 아니냐고요." 한다. 나는 터져 나오는 웃음을 애써 참으며 "그래, 나도 열혈 사제다." 하였다.

본당 수녀님이 미사 시작종을 치러 제의방에 들어오시는데 그 통통한 꼬마 복사 아이가 수녀님께 "수녀님, 오늘 우리 본당에 미사하러 오신 이 신부님, 열혈 사제래요." 하며 소개를 시켜준다. 수녀님이 웃으시면서 미사 시작종을 치신다.

길의 위험

수도원 경리 수사님으로부터 단체 문자가 왔다. 내용인즉, '수사님들, 자동차 안전 운행 부탁드립니다. 다름이 아니라 수도원 ○○○○ 차량이 작년에 사고가 4건 발생하여 자동차 보험 가입이 어렵게 되었습니다. 다행히 조건부로 간신히 가입 승인이 났습니다. 운전하실 때 조금 더 주의 운행 부탁드립니다.'였다.

수도원에는 이런저런 종류의 차량이 많고 운전하시는 수사님들도 많다 보니 크고 작은 사고가 발생한다. 차량 정비가 불량하여 사고가 나는 경우도 있고 운전 부주의로 사고가 나는 경우도 있다.

나는 이 두 가지를 다 경험해보았다. 한번은 내 생일날 본당에 책을 배달해주러 다녀오는데, 원장 수사님께서 저녁에 미역국 끓여줄테니 시간 맞춰 들어오라 하셨다. 그런데 들어오는 길에 교통 혼잡에 걸려 아무래도 저녁 식사 시간에 맞추어 들어가지 못할 것 같아서 평소 알아둔 지름길로 방향을 틀었다. 대로가 아니고 호수를 끼고 도는 좁은 도로였다. 차량이 없어서 시원스레 달리다가 급커브 구간이 나오기에 브레이크에 발을 올리는 순간 얼어붙은 도로에 차량이 빙글빙글 돌기 시작하면서 제어가 되지 않았다. 호수가 보이다가 산이 보이다가를 몇 번 하더니 호수 쪽으로 차가 빠지기 시작하였다. 아이고, 이제 죽었구나 하며 겁을 먹는데, 정말 다행히도 호숫가 큰 나무를 차량 후미가 들이받으며 섰다. 죽다 살아났다.

또 한번은 밤늦은 시간에 고속도로를 주행하다가 톨게이트에서 통행료를 내는데, 갑자기 차의 시동이 꺼져버렸다. 아무리 시동을 걸어도 걸리지 않았다. 톨게이트 직원분이 황급히 뛰어나와 뒤차들이 들어오지 못하게 바리게이트를 쳐주었다. 직원분은 고속도로를 달리다가 시동이 꺼지지 않은 것이 천만 다행이라며 견인차가 올 때까지 지켜주었다. 또 한 번 죽을 뻔했다.

우리는 언제든 사고의 위험에 노출된다. 그래서 항상 우리 주님께 도움을 청해야 한다. "주님, 길의 모든 위험에서 저희를 구하소서."

과로사

제주를 떠나 서울 본부로 온 지도 벌써 2개월이 지났다. 제주에
있을 때에 맡았던 임무는 제주도 분원 원장이었다. 함께 사는 수사
님은 바오로 서원 책임을 맡으셨기 때문에 매일같이 서점에 출근
하셨지만 나의 경우에는 원장의 소임이라는 것이 딱히 실무를 보
는 일이 아니어서 사무실에 정기적으로 출근하는 일이 없는 상황
이었다. 마당에서 풀 깎고 청소하고 장을 보는 등 집안 살림이 주된
업무였다. 그래서 제주 교구 신부님이나 신자분들이 "신부님은 제
주도 수도원에서 하시는 일이 뭐예요?"라고 물으면 "그냥 수도원에
서 살림해요."라고 대답했다. 그러면 사람들이 "아, 그럼 특별히 하
시는 일이 없고 좀 한가하시겠네요?" 하고 물어보고, 나는 "그렇죠,
뭐." 하고 대답했다.

　그 후 이 본당 저 본당에서 미사 집전을 해달라, 고백 성사를 도와

달라는 부탁이 들어오기 시작했다. 딱히 하는 일 없이 한가하다고 말했으니 부담 없이 이런저런 부탁을 하는 것이었다. 그러다가 점점 더 많은 곳에서 일들이 들어왔다. 신부님들의 부탁뿐만 아니라 수녀님들도, 신자분들도 이것저것 부탁을 해왔다. 수녀님들의 경우에는 아무래도 본당 신부님께 고해 성사를 보기가 껄끄러우시니 나에게 고해 성사를 보러 오셨다. 처음에는 일주일에 한두 분 정도 오셨는데, 나중에는 용하다고 소문이 났는지 점점 더 많은 분들이 오셨다. 신자분들도 마찬가지였다. 본당 신부님들이 많이 바쁘셔서 부탁드리지 못한 일들을 내가 수도원 신부로서 한가하게 지낸다고 소문이 나서 그런지 이런저런 부탁들을 많이 해오셨다. 일이 점점 많아지다 보니 어떤 때에는 바빠서 도와드릴 수 없다고 거절할 수밖에 없었는데, 그럴 때면 사람들이 "아니, 특별한 소임도 없으시다면서 뭐가 그렇게 바쁘세요? 에이, 그러지 마시고 시간 좀 내주셔요." 라고 말한다. 아닌데, 진짜 바쁜데……. 그렇다고 사무실이 있어서 매일 출근하는 것도 아니고, 남들이 볼 땐 매일 수도원 안에 있으니 증명할 방법은 없고…….

그래서 사람들이 나 같은 사람들을 두고 '백수가 과로사한다'고 말하는가 보다. 서울로 이동되어 온 지금도 상황은 비슷하게 돌아가고 있다. 운명인가 보다.

알뜰폰

수도원에서는 매월 1일에 수사님들에게 생활비를 준다. 생활비는 매달 25만 원이다. 그런데 요즘엔 코로나로 인해 수도원 살림이 어려워져서 20만 원이 나온다. 코로나가 물러나고 수도원 형편이 좋아지면 다시 25만 원을 받겠지.

사람들은 25만 원으로 어떻게 한 달을 사느냐고 물어보지만 아무런 불편함 없이 잘 산다. 수도원에서 함께 생활하고 모든 것이 공동 소유이니 주거비나 식비는 개인이 고민할 필요가 없다. 그리고 개인 피복비나 교통비, 병원비 같은 경우에는 필요시 경리 수사님께 청하면 된다. 필요한 만큼의 경비를 받아 옷을 사고 교통비를 지불하고 병원에 다녀온 후 영수증과 함께 정산을 하면 되는 것이다. 매달 받는 생활비 25만 원은 지극히 개인적인 용도로 사용하라고 수도원에서 보너스로 주는 용돈이다. 그래서 영수증을 첨부

하고 정산할 일이 없는 용도로 사용한다. 그러니 생활하는 데 크게 어려움이 없다.

이 25만 원의 생활비에는 그동안 몇 번의 변천사가 있었다. 수도원에 처음 입회했을 때는 서원을 하기 전까지 외출이나 외박이 허용되지 않기 때문에 생활비를 받지 않는다. 서원을 하면 용돈을 받기 시작하는데, 내가 서원을 했을 때는 매달 15만 원의 생활비를 지급받았다. 그리고 핸드폰은 수도원에서 지급해주고 요금제도 원하는 대로 제공해주었다.

그러다가 수도원 안에서 핸드폰 사용 요금 문제가 이슈가 되었다. 수사님들마다 제공되는 요금제가 달랐기 때문이다. 어떤 수사님은 비싼 요금제를, 어떤 수사님은 기본 요금제를 제공받은 것이 문제가 되었다. 이것이 형평성에 문제가 있다고 지적되어 결국 수도원에서 중요한 결정을 내리게 되었다. 기존 용돈 15만 원에서 25만 원으로 올려줄 테니 핸드폰 구입과 요금제 문제는 그 돈 안에서 각자 형편에 맞게 해결하라는 것이었다. 이 해결책이 모든 수사님들의 동의를 얻고 통과되어 드디어 25만 원의 용돈을 받게 된 날, 참 재미있는 일이 벌어졌다. 수사님들이 우르르 핸드폰 가게로 몰려가 알뜰폰을 구입하고 핸드폰 요금제를 다 같이 기본 요금제로 바꾸었다. 그날 핸드폰 가게에서 우리 수사님들 모두는 평등한 세상을 구현하였다.

다들 참 알뜰하다.

공대 졸업 수사님

동양인과 서양인의 문화에는 차이점이 있다. 음식, 언어 체계, 사고방식 등 다른 경우가 많다. 사람 사는 곳은 다 거기서 거기라는 말도 있지만 아무래도 환경적 요인이나 유전적 요인으로 다른 점이 많을 수밖에 없다. 동양, 특히 우리나라의 사고방식과 서양의 그것을 보더라도 한국은 여백의 문화가 있는 반면 서양은 정확한 치수로 여백의 여운을 두지 않는 것 같다.

예를 들어 단골 식당에서 술을 주문할 때 한국 어르신들이 흔히 "여기 소주 두서너 병 주세요." 하고 주문하면 식당 주인은 손님들 숫자에 대충 맞추어 두 병이나 세 병을 알아서 가지고 오신다. 하지만 서양 사람들은 정확하게 몇 병을 달라고 주문한다. 그리고 옛날 한복을 보더라도 허리끈이 서양의 허리띠와는 달라서 홀쭉한 사람이든 뚱뚱한 사람이든 각자 허리 사이즈에 맞게 허리끈을 졸라매면 그만이지만, 서양의 허리띠는 정확하게 구멍에 맞추어 차야 한다. 한복 바지도 사이즈별로 입는 것이 아니라 허리끈을 묶는 정도에 따라 아무나 맞추어 입을 수 있다. 가방도 용도별로 따로 있는 것이 아니라, 보자기로 싸는 용도에 따라 그 쓰임새가 다양해진다. 도시락을 보자기로 싸면 도시락 가방, 책을 보자기로 싸면 책가방, 여행 꾸러미를 보자기로 싸면 여행 가방이 되는 것이다.

그런데 서양적인 사고방식을 가진 수사님이 우리 수도원에 계신다. 이 수사님은 공대를 졸업하고 수도원에 들어오셔서 그런지 모든 것을 명확하게 수치와 통계로 말씀하신다. 나 같은 경우엔 숫자나 통계에 약해서 몇 번을 들어도 기억하지 못해 두리뭉실하게 말하는 편이라서 그 수사님을 보면 신기하기도 하고 우습기도 하다. 예를 들어 휴게실에 모여 앉아 TV를 시청하고 있을 때 보통 사람 같으면 "수사님, 저도 앉게 옆으로 조금만 가주세요." 하고 부탁할 텐데 공대 졸업 수사님은 "수사님, 저도 앉게 옆으로 20센티미터만 가주세요." 하고 부탁한다. 그리고 보통 사람 같으면 "이 은혜 잊지 않겠습니다."라고 인사하는데 공대 졸업 수사님은 "이 은혜 삼 일 동안 잊지 않겠습니다." 한다.

우리가 너무 기계적인 거 아니냐고 한마디 하면 그 수사님은 "뭐든 정확하고 명확한 게 좋습니다." 한다. 로봇 만드는 게 꿈이었다는 그 수사님이 갑자기 진짜 로봇으로 보인다.

늘 깨어 있어라

수원에 분원이 새로 생겼다. 서울 본원의 삶을 떠나 원장 신부님과 수사님 4명이 짐을 꾸려 수원 분원으로 내려갔다.

큰 공동체에서 작은 공동체로 옮긴 첫날이었다. 원장 신부님은 우리가 당신을 어려워할까 봐 저녁 식사 시간에 우리에게 당신을 형처럼 편안하게 생각하라고 하셔서 바로 "네, 형님." 했다가 "형처럼 편안하게 생각하라고 했지 형님이라고 부르라고는 안 했다."며 혼이 났다. 어쨌든 그날 이후로 원장 신부님을 어렵게 생각하면서 지내던 중 원장 신부님께서 해외 한인 성당으로 강연을 다녀오셔야 한다는 소식을 들었다. 우리 4명은 얼마나 기뻤는지 모른다. 진짜 훌륭한 책임자는 가끔 자리를 비워주는 사람이라더니 우리 원장 신부님은 참 훌륭한 책임자다. 무려 보름이나 자리를 비워주시다니.

공항으로 떠나시는 원장 신부님을 악어의 눈물을 흘리며 배웅해드렸다. 원장 신부님이 시야에서 사라지자 우리는 기쁨의 눈물을 흘리며 점심을 자축 파티 겸 외식으로 하기로 결정하였다. 평소 가보고 싶었던 오리탕 집으로 갔다. 자유를 만끽하며 배를 불린 우리는 다음에 또 오겠다며 수도원으로 돌아왔다. 그런데 한 수사님이 원장 신부님 떠나신 기념으로 저녁 기도도 생략하고 나가서 놀자고 하였다. 하지만 최고 선배 수사님이 원장 신부님 떠나신 첫날이니 오늘은 여기까지만 하자고 해서 다 같이 저녁 기도를 드렸다.

그런데 얼마 지나지 않아 자동차 소리가 들렸다. 이 시간에 누가 왔을까 하며 성당 문을 열고 나가보니 비행기에 있어야 할 원장 신부님이 돌아오셨다. 기간 만료된 여권을 가지고 가시는 바람에 어쩔 수 없이 돌아오셨단다. 원장 신부님은 당신 없다고 놀러 가지도 않고 저녁 기도를 하고 있는 우리를 칭찬하시면서 우리가 평소에 먹고 싶어 했던 오리탕을 사주겠다고 하셨다. 우리는 점심 때 먹었다는 말도 못하고 안 그래도 먹고 싶었다며 따라나섰다. 그랬는데 낮에 본 오리탕집 사장님이 눈치도 없이 "또 오겠다더니 진짜 금방 또 오셨네."라며 반겨주셨다. 원장 신부님의 눈빛에 실망의 그림자가 가득. 아무 말 없이 오리탕을 먹고 돌아왔다.

사주팔자

오랫동안 만나지 못했던 동기 신부를 만났다. 이 신부님은 심리학을 전공했다. 만나서 이런저런 이야기를 하다가 친구 신부가 심리학을 전공했으니 상담을 좀 받아볼까 해서 상담 부탁을 했다. 그랬더니 동창 신부가 하는 말이 "나에게 상담을 받으려면 좀 비싸. 그러니까 상담은 좀 그렇고 대신 사주를 봐줄게." 한다. 나는 화들짝 놀라서 "사주? 사주팔자? 점 보는 거 아냐? 그거 해도 되는 거야?" 하며 물었더니, 점을 보는 것이 아니라 명리학의 방법론을 통해 사람의 길흉화복을 알아보는 학문이란다. 사람이 태어난 연월일시의 네 간지를 분석하여 나무, 불, 물, 쇠, 흙 등 5가지 기운의 상생·상극 관계를 따져보는 중국에서 기원한 정식 학문이라고 설명한다. 명리학을 3년 동안 파고들어 공부를 했는데, 잡신에게 점괘를 물어보는 것이 아니라며 내가 태어난 연월일시를 물어본다.

나는 내가 태어난 연도와 월일은 알지만 태어난 시간을 들어본 적이 없어서 하는 수 없이 어머니에게 전화를 걸었다. "어머니, 제가 태어난 시가 어떻게 돼요? 몇 시에 태어난 거예요?" 하고 물으니 어머니께서 뜬금없는 나의 질문에 "그건 갑자기 왜 물어보냐?" 하신다. 그래서 사주 보는 데 필요해서 가르쳐달랬더니, 어머니께서 화들짝 놀라시면서 "아니, 도대체 신부님이 무슨 사주를 보느냐? 거기가 어디냐?"며 한마디 하신다. 내가 당황해하며 이래저래 자세한 상황을 말씀드렸더니 그제야 내가 몇 시에 태어났는지, 그리고 태어날 때 무슨 일이 있었는지를 말씀해주신다. 나는 태어나서 처음 들어보는 이야기였다. 이런 기회가 아니었다면 들어보지도 못했을 이야기다.

그렇게 시작된 동창 신부의 사주풀이는 약 두 시간가량 진행되었다. 듣는 동안 재미있는 부분도 있었고 지루하고 이해 안 되는 부분도 있었지만 그 모든 사주풀이의 내용과 핵심은 희망이었다. 올 한 해 희망을 가지고 긍정적으로 살아가라는 동기 신부의 결말을 듣고 나니 결국 그것이 심리 상담이었다는 것을 알게 되었다. 심리학과 명리학은 그리고 신학은 서로 통하는가 보다.

전복 라면

나는 우리나라가 참 좋다. 먹을 것이 풍부해서다. 내가 세상 모든 곳에서 다 살아보지 못했기 때문에 세상에서 우리나라의 음식 종류가 제일 많다고 장담하진 못해도 내가 경험한 바로는 그렇다.

국 종류만 해도 콩나물국, 미역국, 무국, 된장국, 냉잇국, 북엇국, 소고기국, 재첩국 등등 종류가 많다. 찌개 종류도 김치찌개, 된장찌개, 두부찌개, 부대찌개 등등 헤아릴 수 없을 정도다. 그래서 때로는 식사 약속을 할 때 무엇을 먹을까 고민하는 것도 일이다. 워낙 종류가 많다 보니 육해공으로 크게 나누어보기도 하고, 술을 어떤 종류로 먹을 건지부터 정하면 거기에 맞는 음식들이 줄줄이 떠오르고, 구워 먹을 건지 삶아 먹을 건지 탕으로 먹을 건지…… 정말 여러 단계를 거치면서 고민해야 메뉴를 고를 수 있을 정도니 과히 음식 천국이라 해도 과언이 아니지 싶다. 외국 사람들이 우리나라 식당에 들어가서 놀라는 것 중 하나가 수많은 메뉴와 반찬들이라고 들은 적이 있다.

그리고 지역마다 지역 특산품으로 먹는 음식 종류가 상당히 많다. 강원도에 가서만 먹을 수 있는 음식들이 있고 전라도에서만 먹을 수 있는 음식들이 있다. 내가 사는 제주도도 마찬가지다. 육지에서는 들어보지도 못한 음식들이 있다. 몸국, 접짝뼈국, 각재기국, 고사리 육개장이 그렇다. 그리고 여름에는 뭐니 뭐니 해도 한치회가, 겨울에는 방어회가 기다리고 있다. 그리고 사시사철 제주에 오면 찾는 음식으로 제주 흑돼지도 빼놓을 수 없다. 그래서 육지에 있는 우리 수사님들이 제주 분원에 놀러 오면 제주에서만 먹을 수 있는 음식을 대접하게 되는데 다들 좋아한다.

한번은 서울 본원에 있는 신학생들이 여름 방학을 맞아 놀러 와서 말도 타고 맛있는 제주 음식들을 맛보며 즐겁게 지내고 있는데, 제주에 오지 못한 한 수사님이 우리가 뭘 먹고 다니나 궁금했던지 전화를 걸어왔다. "마조리노 신부님, 지금 형제들하고 뭐 먹고 있어요?" 나는 마침 점심때 신학생들과 함께 라면을 끓여먹고 있어서 라면을 먹는다고 했더니, 수사님이 "거짓말 말아요. 지금 회 먹고 있죠?" 한다. 내가 "아니에요. 진짜 라면 먹어요. 전복 넣어서요." 했더니 심술이 났는지 전화를 딱 끊어버린다. 라면이 제주에 오면 제주도식 라면이 되는지 몰랐나 보다.

건강 검진

2년에 한 번씩 받아야 하는 건강 검진 안내문이 왔다. 보통 사람들은 건강 검진을 받으러 갔다가 혹시라도 큰 병이 발견될까 싶어 검사 받기를 꺼려 하지만 나는 워낙 주사 맞는 것도 무서워하지 않고 건강 검진 받는 것을 좋아해서 한 번도 건너뛰지 않고 기쁘게 검진을 받아왔다. 하지만 그 사건 이후로는 건강 검진 받는 것이 무서워졌다.

몇 해 전 건강 검진 안내문을 받고 기본적으로 주어지는 위 내시경 검사 외에 생애 전환기 특별 서비스로 주어진 대장 내시경 검사를 추가로 신청하였다. 대장 내시경 검사를 받으려면 전날 이른 저녁부터 금식을 해야 하고 장을 비우기 위해 밤새 화장실을 들락날락해야 한단다. 남들 맛있게 저녁 먹을 때 혼자 굶는 것도 억울하고 밤새 화장실을 왔다 갔다 해야 한다니 결국 잔머리를 굴려본다. 성금요일은 모두가 단식을 해야 하는 날. 그날을 건강 검진 받는 날로 신청했다. 모든 수사님들이 단식할 때 나도 같이 단식하니 억울하지도 않고, 밤새 성체 조배하느라 모두 깨어 있을 때 나는 화장실에서 깨어 있으니 잔머리를 굴린 재미가 있었다.

건강 검진을 마치고 나니 의사 선생님이 대장에서 용종을 몇 개 제거했는데 혹시라도 다음 날 아침 혈변을 보면 지체하지 말고 큰 병원 응급실로 가라고 한다. 내가 의아해서 왜 그런 말씀을 하시냐고 물으니 가끔, 아주 가끔 용종을 제거하신 분들 중에 혈변을 보는 사람이 있어서 미리 이야기해준단다. 찜찜한 예언을 듣고 수도원으로 돌아온 나는 의사 선생님이 근거 없이 겁을 주나 싶어 인터넷을 검색해보았다. 그런데 실제로 그런 사례가 있었다.

다음 날 아침, 올 것이 왔다. 아침 식사 후 화장실에 갔는데 하마터면 뒤로 까무러칠 뻔했다. 변기가 피로 물든 나일강 같았다. 피똥을 싼 것이다. 너무 놀라 의사 선생님께 전화드렸더니 얼른 응급실로 가란다. 두려움에 사로잡힌 채 응급실로 갔더니 바로 수술실로 직행하여 구멍 난 대장을 때워주셨다. 의료 사고 아니냐고 따지는 나에게 병원에서는 의료 사고가 아니라 가끔, 아주 가끔 이런 일이 생긴단다. 거룩한 성금요일을 대장 내시경 준비로 악이용한 나에게 가끔, 아주 가끔 있는 일이 생긴 것이다. 하느님께 죄송한 맘이 들었다.

만우절 사건

해마다 만우절이 되면 수도원에서도 거짓말로 장난을 치는 재미를 맛본다. 기도 시간이 바뀌었다는 둥, 원장님이 보자고 한다는 둥 소소한 거짓말로 동료 수사님들을 속여 먹는다. 보통 때 같으면 화를 낼 말한 일이지만 만우절이라 웃고 넘긴다.

그러다가 한번은 만우절이라고 매번 수도원 수사님들에게만 장난을 치는 것이 식상해서 친하게 알고 지내는 신문사 기자님에게 장난을 걸었다. 다름이 아니라 내가 바오로 수도회의 총장으로 선출되어서 로마 총본부로 가야 한다고 장난을 친 것이다. 그랬더니 기자님이 깜짝 놀라면서 한국 바오로 수도회에서 전 세계 바오로 수도회를 책임지는 총장님이 나신 것은 처음이 아니냐며 진심으로 축하를 해준다. 나는 만우절이라서 장난친 것이라고 바로 말하면 재미없을 것 같아서 진지하게 계속 거짓말을 이어갔다. 어떻게 해서 총장으로 선출되었는지, 또 로마에는 언제쯤 가는지 등등 보도 자료로 쓰일 만한 정보를 술술 풀어내었다. 아무것도 모르고 속아 넘어가는 친구 기자님 생각에 웃음이 났지만 꾹 참고 만우절의 재미를 맛보았다.

그렇게 통화를 마치고 몇 시간이 흘렀을까, 여기저기 교회 매체에서 전화가 오기 시작했다. 바오로 수도회 총장으로 선출되신 것을 축하한다면서 이런저런 인터뷰 요청을 해오기 시작했다. 순간 일이 커졌음을 알아차렸다. 아이고, 내가 장난 삼아 만우절 거짓말을 한 것이 진짜로 받아들여진 것이다. 나는 계속 걸려오는 축하 전화와 인터뷰 요청에 이실직고를 하면서 죄송하다는 말을 연거푸 쏟아냈다. 다행히 만우절 해프닝으로 받아주셔서 웃고 넘어갔다.

나는 친구 기자님에게 전화를 걸어 만우절이라 거짓말한 거라고 솔직하게 말하고, 이제는 더 이상 다른 언론에 보도 자료 보내지 말아달라고 부탁했다. 그랬더니 친구 기자님은 "만우절 거짓말이라는 것을 알았는데, 역으로 한번 당해보라고 일부러 보도 자료를 뿌렸어요."라고 한다. 이런, 내가 당하고 말았다.

그렇게 만우절 해프닝이 마무리되고 일 년 후, 선배 신부님의 은경축이 있어서 행사에 갔더니 선배 신부님께서 놀라며 물어보신다. "아이고, 바오로 수도회 총장님께서 지금 저 때문에 로마에서 오신 거예요?"

제주 4.3 사건

내가 살았던 제주에는 항몽 유적지를 비롯하여 일제 강점기의 흔적들과 4.3 사건의 뼈아픈 기억들을 품고 있는 유적지를 돌아보는 다크 투어 코스가 있다. 나는 제주에 내려가기 전에 항몽의 역사와 일제 강점기의 역사는 어느 정도 알고 있었지만 4.3 사건에 대해서는 거의 몰랐다. 그런데 제주에 내려가 살며 4.3 사건에 대해서 많이 듣고 보면서 몰랐던 사실을 점점 알아가게 되었다. 제주 4.3 사건의 원인과 과정 등을 설명하자면 그 내용이 엄청 길지만 아주 간략하게 설명하자면 이렇다.

일제 강점기 때 외지로 피신했던 제주도민들이 해방을 맞아 건국의 부푼 꿈을 안고 돌아왔다. 하지만 강대국에 의해 나라가 두 동강 날 위기 앞에서 그들은 또다시 투쟁하게 된다. 미군정과 이승만 정권은 투쟁에 나선 제주도민들을 불순 좌익 세력으로 낙인찍고 탄

압했다. 그 과정에서 제주도민의 10분의 1인 3만여 명이 7년 7개월이라는 긴 시간 동안 잔혹하게 희생된 가슴 아픈 사건이다.

나는 제주도에 성지 순례 오는 사람들과 이 비극적인 사건을 공유하고 싶어서 일정이 빠듯한 중에도 제주 4.3 평화공원을 찾아간다. 4.3 평화공원은 우리 역사 속에서 일어난 비극을 널리 알리고 다시는 이 땅에서 똑같은 일이 되풀이되지 않도록 하기 위해 조성된 공원이다.

그런데 한번은 성지 순례 일행 중에 어떤 분이 왜 이런 곳에 데리고 왔느냐며 화를 내었다. 내가 왜 그러시냐고 물었더니, 그때 죽은 사람들은 모두 빨갱이가 맞고 이 공원을 조성해놓은 전직 대통령 또한 빨갱이가 분명하며, 죽어 마땅한 사람들이 죽은 것인데 왜 여기 와서 뉘우치고 슬퍼하느냐는 것이다. 그래서 나는 "이 평화공원의 목적은 그때 희생된 사람들의 사상을 검증하고자 하는 것이 아니라, 서로 다른 이념이나 사상, 종교, 피부색, 문화 때문에 서로 적대시하고 무고한 생명을 죽이는 일이 없도록 서로의 다름을 인정하는 평화를 생각해보기 위해서"라고 설명해드렸지만, 그분은 막무가내로 그때 죽은 사람들은 모두 빨갱이가 맞다고 우기셨다. 그렇게 화를 내며 말하는 그분의 얼굴이 점점 빨개지기 시작했다. 갑자기 그분의 얼굴이 어릴 때 만화 영화로 보았던 얼굴 빨간 늑대로 보였다.

너희가 자기를 사랑하는 이들만 사랑한다면
무슨 인정을 받겠느냐?
죄인들도 자기를 사랑하는 이들은 사랑한다.

루카 6, 33

부활 소풍

드디어 길었던 사순 시기가 끝나고 부활 대축일을 맞이하였다.
사순 시기 동안 엄숙하게 재계를 지키기 위해 단식하고 금육하며 나
름 힘들게 살았는데, 이제부터 부활의 기쁨을 만끽하게 되는 것이
다. 해마다 부활 대축일 다음 날 수도원에서는 부활 소풍을 떠난다.
예수님께서 십자가에서 돌아가신 후 뿔뿔이 흩어진 제자들 가운데
두 제자가 엠마오로 향하는 도중에 부활하신 예수님을 만나게 된
사건을 기념하며 떠나는 부활 소풍, 이른바 엠마오 소풍이다.

한번은 우리 수도원 수사님들이 강원도 쪽으로 부활 소풍을 가
게 되었다. 딱히 목적지는 정해놓지 않고, 가는 길에 멋진 계곡이
있는 산을 만나면 등산도 하고 푸짐하게 차린 음식도 먹는 그런 소
풍이었다.

모든 회원이 소풍을 떠나야 했으므로 승합차 2대에 나누어 타기

로 했다. 마련한 음식도 두 차에 나누어 실었는데, 한쪽에는 온갖 그릇들과 밥을 싣고 한쪽에는 반찬과 주류를 실었다. 그런데 아무래도 목적지를 정해놓지 않고 출발을 하자니 혹시라도 중간에 떨어지게 되면 어떻게 하나 불안한 마음이 들었는데, 수도원에서 아마추어 무선 통신을 하는 수사님들이 무전기가 있으니 아무 걱정하지 말라며 안심시켰다. 떠나기 전에 무전기 2대를 가지고 그들만의 전문 용어로 성능과 감도를 시험하더니 매우 만족하며, 이 무전기만 있으면 절대 헤어질 일이 없으니 안심하고 출발하자고 한다.

그렇게 수사님들은 승합차 2대에 나누어 타고 신나게 출발했다. 시내 도로를 달리는 중간중간 무선 통신하는 수사님 두 분이 마치 VIP를 인도하는 경호원처럼 멋있게 무전을 주고받으며 우리를 안심시켰다. 그러나 그것도 잠시, 국도를 달리다 몇 번 정지 신호를 만나면서 앞차와 뒤차가 점점 멀어지게 되었다. 뒤처진 차에 탄 수사님이 무전을 쳐도 지지직지지직 소리만 날 뿐 앞차는 어디론가 사라지고 보이지 않았다. 앞차는 앞차대로, 뒤차는 뒤차대로 자기만의 길을 달려 어딘지도 모르는 곳에 다다랐고, 배가 고파 무엇을 먹으려 해도 밥과 그릇은 앞차에, 반찬과 주류는 뒤차에 나누어 싣는 바람에 아무것도 먹지 못한 채 결국 수도원으로 회항할 수밖에 없었다. 그날 결국 엠마오 소풍에서 우리는 부활하신 주님과 길이 엇갈리고 말았다.

꽃뱀

자연 다큐멘터리를 보는데 뱀이 나온다. 뱀은 모든 사람이 본능적으로 무서워하는 동물이다. 징그럽게 생기기도 했지만 뱀이 가지고 있는 독이 사람의 생명을 위협하기 때문에 두려움을 불러일으킨다. 나는 어릴 때 친척 형님이 뱀에 물려 거의 죽다시피 한 일을 알고 있었고 뱀에게 물려 상처 나고 시퍼렇게 부은 다리를 목격한 적이 있어서 뱀을 더욱 싫어한다.

　성경에도 뱀이 등장한다. 창세기에서 인류를 유혹하여 죄에 빠지게 한 것이 바로 뱀이고, 요한 묵시록에서도 뱀이 사탄의 상징으로 나타난다. 그런데 이렇게 무서운 뱀, 보기만 해도 도망가고 싶은 뱀을 무서워하지 않는 수사님이 계신다. 그 수사님도 처음에는 뱀을 무서워했지만 어떤 사건 이후로 뱀을 무서워하지 않게 되었다. 그 사건은 이렇다.

언젠가 울산에 있는 우리 수도회 땅이 폭우로 유실되어 복구하러 갔을 때의 일이다. 더 이상 비 피해를 입지 않도록 하기 위해 성장 속도가 빠른 나무를 심으러 갔다. 동네 어르신과 함께 열심히 나무를 심고 있는데 갑자기 옆에서 비명 소리가 들렸다. 나무를 심던 수사님 한 분이 뱀을 발견한 것이었다. 그런데 그 뱀을 본 동네 어르신께서 그 뱀은 독이 없으니 무서워하지 말라고 하셨다. 그랬더니 갑자기 다른 수사님 한 분이 그 뱀을 손으로 잡아버리는 것이었다. 우리는 너무 놀라 손으로 뱀을 잡으면 안 된다고, 그러다 물리면 큰일 난다고 경고했지만, 그 수사님은 너무나 태연하게 어르신께서 독이 없는 뱀이라고 하셨다면서 그 뱀을 웃옷 속에 넣어버리는 것이 아닌가. "미쳤다. 저건 미친 짓이다."라며 다들 경악하는데 그 수사님은 "뱀이 생각보다 부드럽네."라며 뱀을 옷 속에서 꺼내어, 가지고 간 물병 속에 넣어버렸다. 우리는 다들 놀라며 뱀을 빨리 버리라고 말했지만, 그 수사님은 서울에 가져가서 키울 거란다. 세상에나! 독이 없다는 어르신의 말씀을 완전히 믿고 저렇게 뱀을 쥐락펴락하는 단순한 수사님을 보고 우리 모두는 놀라기도 하고 어이없어하는데, 갑자기 예수님의 말씀이 기억났다.

'너희는 온 세상에 가서 모든 피조물에게 복음을 선포하여라. 믿는 이들에게는 이러한 표징들이 따를 것이다. 곧 내 이름으로 마귀들을 쫓아내고 새로운 언어들을 말하며, 손으로 뱀을 집어 들고 독을 마셔도 아무런 해도 입지 않으며, 또 병자들에게 손을 얹으면 병이 나을 것이다.'(마르 16, 15-18)

월남전 용사

얼마 전 청원자 형제가 군대 입영 통지서를 받았다. 수도원에 입회한 수사님들 중에는 군대를 제대하고 들어온 사람도 있고, 병역을 마치기 전에 입회한 사람도 있다. 두 경우 모두 장단점은 있다.

어쨌든 병역 의무를 마치고 수도원에 들어온 수사님들은 군대 이야기만 나오면 저마다 군대 생활 이야기를 하며 무용담을 펼쳐놓는다. 이른바 '신의 아들'이라 일컫는 병역 의무 면제자들은 할 말이 없어서 조용히 듣기만 하고, 나처럼 '장군의 아들'이라 일컫는 방위 출신 수사님들은 짧았던 군대 생활이긴 하지만 나름 고생한 이야기를 늘어놓는다. 하지만 '사람의 아들'이라고 일컬어지는 현역 제대 수사님들이 군대 생활 이야기를 하기 시작하면 할 말을 잃어버린다.

현역으로 군 복무를 마친 수사님들의 이야기를 들어보면 참 다양한 곳에서 다양한 경험들을 했다. 어떤 수사님은 포병으로, 어떤 수사님은 군종병으로, 어떤 수사님은 통신병으로 활동했던 이야기들을 쏟아낸다. 그래도 가장 고생했다고 자랑하는 수사님의 이야기가 나오면 면제자든, 방위 출신이든, 현역 출신이든 모두 잠잠해진다. 그분은 바로 한참 선배 수사님이신데, 월남전에 파병되어 가셨단다.

수사님의 무용담을 듣고 있으면 마치 전쟁 영화를 보는 것 같다. 어찌나 현장감 있게 월남전 상황을 풀어내시는지 모두가 흥미진진하게 무용담에 귀를 기울인다. 살아 돌아온 것만 해도 다행이라는 생각이 들 정도로 위험한 고비도 많이 넘기셨단다.

그런데 언젠가 그 선배 수사님의 친구분이 수도원에 오셔서 함께 식사를 하게 되었다. 우리는 그 친구분에게 선배 수사님과 어떤 친구 관계인지 물어보았다. 학교 동창인지, 직장 동료였는지 물어보는데, 그 친구분이 군대 동기라고 하셨다. 우리는 깜짝 놀라며 월남전에서 얼마나 고생하셨느냐며, 선배 수사님으로부터 고생한 이야기를 많이 들었다고 말씀 드렸다. 그랬는데 친구분께서 하시는 말씀. "그래요? 저하고 우리 친구 수사님은 PX*에서 근무했는데요?"

_____

*PX : 군부대 내에서 일상용품이나 음식물 따위를 파는 매점

팔려간 요셉

나의 세례명은 미카엘이다. 하지만 지금은 첫 서원 때 받은 마조리노라는 수도명으로 불린다. 처음 수도원에 입회했을 때 미카엘 본명을 가진 사람이 워낙 많아서 그냥 미카엘 수사님이라고 부르면 저마다 자기를 부르는 줄 알고 헷갈리기 때문에 각각 발음을 달리해서 불렀다.

제일 선배 수사님은 그냥 미카엘로 불렸고, 그다음 미카엘 수사님은 미구엘이라는 스페인식 발음으로 불렸다. 미카엘은 그 밖에도 영어식으로는 마이클, 러시아어식으로는 미하일, 프랑스어식으로는 미셸로 발음되는데, 나는 제일 막내 미카엘이어서 미셸로 불렸다.

성인들의 이름은 각 나라별로 다르게 불리는 경우가 많은데, 야고보는 제임스 혹은 디에고로 불리고, 요한은 존 혹은 지오반니로 불린다. 그리고 옛날 교우분들은 성인의 이름을 한자를 차음해서 부르는 경우가 많았다. 베네딕도는 분도, 가브리엘은 가별, 안토니오는 안당으로 불렀다.

또 같은 이름의 성인이라도 축일이 다르고 인물이 다른 경우도 많다. 예를 들면 엘리사벳 성녀의 경우에는 마리아의 사촌 언니 엘리사벳이 있고 헝가리의 성녀 엘리사벳도 있다. 그리고 이냐시오의 경우에도 안티오키아의 이냐시오가 있고 로욜라의 이냐시오가 있다. 이 밖에도 많은 성인들이 동명이인인 경우가 허다하다.

우리 수도원에는 요셉 본명을 가진 사람이 둘 있었는데, 한 요셉은 창세기에 나오는 야곱의 막내아들로서 형들에게 버림받아 이집트 노예로 팔려갔다가 재상까지 이르러 이스라엘을 구원한 요셉이고, 또 다른 요셉은 복음서에 등장하는, 마리아와 약혼한 목수로서 마리아의 잉태 소식을 듣고 남몰래 파혼하기로 마음먹었다가 성령의 지시로 마리아를 아내로 맞아들인 예수님의 양부 요셉이다. 그런데 이 두 분 형제님이 각자 자기를 소개할 때는 그냥 요셉이라고 소개하지 않고, 한 분은 "저는 팔려간 요셉입니다."라고 소개하고 다른 요셉 수사님은 "저는 남몰래 파혼하기로 마음먹은 요셉입니다."라고 소개한다. 참 기발한 자기소개인 것 같다.

비즈니스석

태어나서 처음 국제선 비행기를 타본 것이 신학생 시절 겨울 방학 동안 영어 연수를 받기 위해 필리핀 수도회에 갈 때였다. 비행기에 일반석과 비즈니스석이 따로 있다는 사실도 그때 처음 알았다. 비행기에 오른 뒤 일반석으로 향하면서 흘깃 곁눈으로 본 비즈니스석은 완전히 클래스가 달랐다. 좌석 간격이 널찍하고 의자도 꽤 넓었다. 비싼 대가를 지불하고 타는 비즈니스석이니 당연히 그에 따른 이점이 있는 것인데, 일반석으로 향하면서 사실 조금 부럽기는 했다. 언젠가 기회가 된다면 저 비즈니스석에 앉아보고 싶었다. 하지만 수도원에서 고액을 지불해가며 비즈니스 좌석을 끊어주지는 않을 테니, 그림의 떡으로만 생각했다.

그러다가 아주 오랜 시간이 지나 사제품을 받고 하와이 한인 성당에 사순 특강을 하러 가게 되었다. 초대한 본당에서 왕복 항공권을 보냈는데, 당연히 일반석 티켓이었다. 사순 특강을 마치고 한국으로 돌아오기 전날 호텔을 나와 산책을 했다. 숙소 앞 해변을 걷고 있는데, 어떤 사람이 바다 한가운데서 아주 여유롭게 헤엄을 치는 모습을 보게 되었다. 수영을 참 잘한다 생각하며 자세히 보고 있자니, 그것은 사람이 아니라 거북이였다. 동물원에서 거북이를 본 적은 있어도 그렇게 바다에서 야생 거북이를 보는 것은 처음이라 기쁘기도 하고 신기하기도 했다. 하와이에 사는 사람들은 자주 보겠지만, 나는 야생 거북이를 처음 본 것이어서 엄청 행운이라 생각하며, 무슨 좋은 일이 생기려나 하는 기대를 품게 되었다.

다음 날 아침 공항으로 가서 탑승권을 받으려 하는데, 무슨 문제가 생겼는지 직원이 당황해하며 책임자를 부른다. 나는 티켓에 무슨 문제가 있나 하고 걱정했다. 그런데 항공사의 실수로 일반 좌석이 모자라게 되어 비즈니스석으로 옮겨주겠다고 한다. 나는 속으로 환호성을 지르며 어제 본 거북이에게, 그리고 하느님께 감사를 드렸다. 오래된 소원이 이루어진 것이다.

비즈니스석에 앉은 내가 신기하게 생긴 의자를 이리저리 작동해보는데, 옆의 승객이 처음 비즈니스석에 타보는 사람이구나, 라는 눈빛으로 나를 쳐다본다.

아무것도 걱정하지 마십시오. 어떠한 경우에든 감사하는 마음으로 기도하고 간구하며 여러분의 소원을 하느님께 아뢰십시오. 그러면 사람의 모든 이해를 뛰어넘는 하느님의 평화가 여러분의 마음과 생각을 그리스도 예수님 안에서 지켜 줄 것입니다.

필리 4, 6-7

돼지 잡던 날

한국 성 바오로 수도회는 서울 미아리에 본원이 있고 전국적으로 분원이 있다. 미아리 본원을 비롯하여 수원 분원, 대구 분원, 부산 분원, 제주 분원, 논현동 분원이 있다. 그중에 수원 분원은 산 속에 있고 부지도 넓어서 가장 전원적인 분위기의 공동체다. 수원 분원은 수원 가톨릭 대학교 앞 태봉산 자락 시골에 위치하고 있다.

수원에 분원이 새로 생겼을 때의 일이다. 초대 수원 분원 원장 신부님은 수도원 근처가 시골 마을이다 보니 동네 사람들에게 인사도 할 겸 돼지 한 마리를 잡아 동네 이장님을 비롯하여 어르신들에게 잔치를 베풀자고 하셨다. 마침 마을에 돼지 키우시는 분이 계셔서 기왕이면 마을 사람 돼지를 팔아줄 겸 값을 치를 테니 돼지를 한 마리 잡아줄 수 있느냐고 부탁했더니 흔쾌히 해주시겠다고 하셨다. 며칠 뒤 정해진 잔칫날 아침 일찍 돼지 키우는 아저씨가 트럭에 큰 돼지 한 마리를 싣고 오셨다. 그런데 아저씨 혼자 돼지를 잡기엔 힘이 드니까 도와주는 사람이 필요하시단다. 나는 어릴 때 시골에서 아저씨들이 닭이나 염소를 잡을 때 도와준 적은 있어도 돼지를 잡는 것은 처음이라 좀 무섭기도 했지만 좋은 경험이라 생각하고 기꺼이 아저씨를 도와 돼지를 잡았다.

아저씨가 나를 놀리시느라고 그랬는지 큰 망치를 나에게 쥐어주며 돼지를 죽이라고 하신다. 내가 소스라치게 놀라며 도저히 못하겠다고 하자 아저씨는 키득키득 웃으시면서 망치를 도로 가져가시더니 그야말로 순식간에, 한 방에 돼지를 저승으로 보내신다. 벌벌 떨며 서 있는 나에게 아저씨는 무슨 특공대 군인이 졸병에게 명령하듯 뜨거운 물 받아오라, 털 뽑아라, 정신없이 일을 시키신다.

아저씨는 돼지 내장을 하나하나 자세히 보여주며 각 부위의 명칭과 기능을 가르쳐주신다. 완전 해부학 의사 같았다. 아저씨가 돼지나 사람이나 그 속은 다 똑같다며 열심히 설명해주시는데, 원장 신부님이 나와서 "그러고 보니 아저씨랑 돼지랑 정말 똑같이 생겼네요." 하며 웃으신다. 아저씨는 손에 칼을 든 채 "아니, 돼지나 사람이나 그 내장이 다 똑같다는 말이지 내가 무슨 이 돼지랑 똑같이 생겼어요?" 하며 화를 내시는데, 나는 또 옆에서 벌벌 떨었다. 신부님, 그 아저씨 화나게 하지 마세요. 칼 들었어요.

청소 주일

오늘은 성소聖召 주일이다. 성소 주일이란, 하느님의 부르심에 대해 특별히 기도하고 마음에 깊이 새기는 날이다. 넓게는 나에게 주어진 삶을 하느님 안에서 어떻게 살아가야 할지 방향을 설정해보는 날이기도 하고, 좁게는 젊은이들이 결혼 성소를 택할 것인지 사제나 수도자 성소를 택할 것인지를 생각해보는 날이기도 하다. 그래서 해마다 성소 주일이 되면 교구에서도, 수도원에서도 젊은이들에게 사제나 수도자 성소에 대해서 생각해볼 수 있도록 다양한 행사를 준비한다.

신학교에서는 일 년에 딱 한 번 신학교를 일반인에게 공개하면서 사제로서 살아간다는 것이 어떤 의미인지, 그리고 사제가 되기 위해서는 어떤 과정을 밟아야 하는지를 가르쳐준다. 그리고 거의 모든 수도원에서도 수도원을 개방하여 젊은이들에게 수도원의 삶을 보여주며 수도자가 되기 위해서는 어떤 과정을 거쳐야 하는지를 설명해준다.

이번에도 우리 수도원에서는 몇몇 본당으로부터 수도원 방문 프로그램을 요청받았다. 주일 학교 선생님들과 아이들이 수도원을 방문하여 이곳저곳 둘러보게 하고, 또 어떻게 하면 수도원의 삶을 쉽게 설명해줄 수 있는지 프로그램을 짜느라 바빠졌다. 일단은 외부인들이 수도원 성당과 사도직장 그리고 몇몇 수사님들의 방을 둘러볼 수 있도록 공개하기로 했기 때문에 모든 수사님들이 동원되어 손님맞이 대청소가 시작되었다. 유리창틀이며 화장실이며 심지어 봉쇄 구역으로 정해진 수사님들의 공부방·복도·방 청소가 대대적으로 이루어졌다. 거의 하루 종일 청소에 매달렸다.

드디어 아이들이 선생님들과 함께 수도원을 방문하였다. 어림잡아 300명은 되었다. 조용했던 수도원이 아이들의 재잘거리는 소리로 시끌벅적했다. 하루 종일 아이들에게 수도원을 구경시켜주고 밥 먹이고 수도원 설명하고 영화도 보여주며 성소 주일 행사가 마무리되었다. 아이들이 떠나간 수도원은 또다시 청소를 해야만 했다. 열심히 청소를 하다가 지친 한 수사님이 "와, 이건 성소 주일이 아니라 청소 주일이라고 해야겠네요."라며 힘들어하자, 옆에 있던 수사님이 "저 많은 아이들 중에 한 명이라도 나중에 수도원에 입회한다면 청소 주일이 매주 되어도 좋죠."라며 웃는다.

초보 이발사

한 달에 한 번은 꼭 가는 곳이 있다. 바로 이발소다. 이발을 하고 나면 기분이 상쾌해지고 에너지가 충전되는 것 같다. 지금은 이발소에 정기적으로 가서 돈을 주고 이발 서비스를 받지만 예전에는 이발사 아저씨가 한 달에 한 번 수도원으로 직접 오셔서 이발 봉사를 해주셨다. 참 고마웠다.

그런데 그 아저씨가 한번은 집안에 일이 생겨서 수도원에 오실 수 없는 상황이 되었다. 수사님들은 한 달 정도는 이발을 건너뛰어도 괜찮다며 다음 이발 날짜까지 기다리겠다는데, 한 수사님이 머리카락이 너무 길어서 답답하다며 나에게 이발을 해달라고 부탁하셨다. 나는 한 번도 이발을 해본 적이 없다며 한사코 거절했는데, 그 수사님께서는 전체적으로 이발해달라는 것이 아니라 삐죽삐죽 튀어나온 부분만 가위로 살짝 쳐달라고 끈질기게 부탁을 해왔다. 할 수 없이 수락을 한 나는 이발 가위도 아닌 그냥 일반 가위를 들고 수사님을 자리에 앉혔다.

수사님은 뒷목 부분에 길게 삐져나온 부분을 일정하게 다듬어달라고 하셨다. 덜덜 떨리는 손으로 조심스럽게 머리카락을 정리해드렸더니 거울을 보며 만족해하셨다. 그러고는 이왕이면 귀를 덮은 머리카락도 정리를 해달란다. 나는 뒷머리까지는 정리해드릴 수 있지만 귀 부분은 아무래도 위험해서 어렵겠다고 말씀드렸다. 하지만 그 수사님은 뒷머리 정리하는 실력을 보니 귀 쪽도 잘할 것 같다며, 대충 해도 괜찮으니 정리를 해달라고 부탁하셨다. 거절하기 힘들어하는 나의 성향을 잘 아시는 수사님은 끝까지 포기하지 않으신다.

나는 또 할 수 없이 가위를 들고 귀 뒷부분부터 삐져나온 머리카락을 정리하기 시작하였다. 그런데 아뿔싸! 드디어 일이 터지고 말았다. 머리카락을 잘라야 하는데 귀를 잘라버린 것이다. 화들짝 놀란 수사님은 짧은 비명을 지르며 귀를 움켜잡았다. 피가 흘렀다.

나도 덩달아 너무 놀라 어쩔 줄 몰라 하며 미안하다고 연신 사과하였다. 그 수사님은 스스로 자초한 일이라 화도 내지 못하고 바로 일어나서 방으로 뛰어가셨다. 나는 겟세마니 동산에서 베드로가 대사제 종의 귀를 잘라버리자 이내 다시 붙여주신 예수님을 떠올리며 화살기도를 바쳤다. 주님, 저 수사님의 귀를 고쳐주세요!

하느님과 부처님의 대결

언젠가 텔레비전 방송국에서 어린이날 특집으로 신부님과 스님, 목사님을 모시고 어린이들과 함께 토크쇼를 진행할 거라며 출연 섭외가 들어왔다. 미리 준비된 대본도 없고 그저 다른 종교의 성직자들이 아이들과 함께 자연스럽게 대화를 나누면 된다고 하여 부담 없이 출연을 수락하였다.

야외 촬영장에 갔더니 약 30명 정도의 아이들이 부모님들과 함께 패널석에 앉아 있었다. 나와 스님, 목사님은 사회자의 진행에 따라 왜 성직자가 되었는지부터 시작해서 지금의 삶은 어떤지에 대한 이야기보따리를 풀어내었다. 그리고 가끔 사회자가 아이들에게 세 분의 성직자에게 무엇이든 물어보고 싶은 것이 있으면 질문을 하라고 하였다.

그랬더니 어떤 꼬마 아이가 대뜸 스님의 머리를 만져봐도 되느냐는 것이었다. 순간 우리는 당황했지만 넉살 좋은 스님은 웃으시며 허락해주셨다. 스님께서 그 아이에게 "느낌이 어때요?" 하고 물으시니 그 꼬마는 "미끌미끌한 게 이상해요."라고 대답한다. 온 회중이 웃음을 터뜨렸다. 또 아이들의 질문이 이어졌다. 이번엔 내 차례였다. 귀여운 꼬마 아이가 "신부님은 어렸을 때 부모님에게 맞은 적이 없나요?"라고 질문을 하였다. 나는 순진한 아이의 질문에 거짓말을 하면 안 된다 싶어서 솔직하게 대답하였다. "많이 맞았어요. 특히 파리채로 많이 맞았어요. 그래서 저는 어릴 때 제가 파리인 줄 알았어요." 하고 대답했더니 질문을 했던 아이가 까르르 하며 웃는다.

아이들의 때 묻지 않은, 그리고 기발한 질문에 재미를 느끼고 있을 즈음 한 아이가 손을 번쩍 들며 질문 찬스를 얻었다. 제법 덩치가 큰 사내아이가 하필 나에게 질문을 하고 싶단다. 아마도 성당에 다니는 아이였나 보다. 아이의 질문이 시작되었다.

"신부님! 하느님하고 부처님하고 싸우면 누가 이겨요?" 순간 눈앞이 캄캄했다. 옆에 스님도 계신데 이걸 어떻게 대답해야 하나 하고 잠깐 고민을 하는데 때마침 하느님이 도와주셔서 기발한 대답을 하게 되었다. "글쎄요. 한 번도 생각해본 적은 없는데요, 하느님하고 부처님은 두 분 다 좋은 분이시고 서로 엄청 친하셔서 절대 싸우지 않아요." 그랬더니 끈질긴 그 아이가 또 질문을 한다. "그래도 혹시 무슨 일이 있어서 싸우면 누가 이겨요?"

에고, 저 녀석 꿀밤을 한 대 때려주고 싶다.

붕어빵

오늘은 어버이날이다. 수도원에서는 어버이날을 맞이하여 수사님들의 부모님을 모시고 식사 대접을 한다. 세속을 떠나 수도원에 들어와 살고 있지만 우리를 낳아주고 길러주신 부모님을 버린 것은 아니기 때문에 부모님들을 모시고 즐거운 시간을 보내고, 부모님들께 자식들이 이렇게 살아가고 있다는 것도 보여드린다. 자식들이 수도원에서 행복하게 살아가는 모습을 보여드리는 것이야말로 큰 효도라고 생각된다. 세상 모든 부모님들은 자식들이 주어진 삶의 자리에서 행복하게 살아가는 것을 볼 때 가장 행복해하실 것이다. 그리고 더 나아가 부모님께 감사의 인사를 전하며 표현하는 것이야말로 부모님을 진정으로 기쁘게 해드리는 큰 효도일 것이다.

우리 수사님들이 전국 팔도에서 온 것처럼 부모님들도 전국에서 올라오신다. 그냥 빈손으로 오셔도 될 것인데, 이것저것 싸들고 오신다. 그런데 참 재미있게도 안내실에서 부모님들을 맞이하노라면, 굳이 부모님들께서 내가 누구 아버지이고 어머니인지 말씀 안 하셔도 부모님들의 얼굴을 보면 어떤 수사님의 부모님인지 대번에 알 수 있다. 완전 붕어빵이다.

식당에 모두 모여 수사님 한 분 한 분이 각자 부모님을 소개하고 카네이션을 달아드린다. 부모님들께서도 간단히 인사를 하신다. 수도원에 보내놓고 아주 이별인 줄 알았는데, 이렇게 초대받아 음식도 대접받고 즐거운 시간을 가질 수 있게 자리를 마련해주셔서 감사하다며 인사하신다. 식사가 어느 정도 마무리되면 수사님들의 장기 자랑이 이어진다. 어떤 그룹은 노래를, 어떤 그룹은 시 낭송을 하며 오래간만에 부모님들 앞에서 재롱을 떨어본다. 부모님들은 너무들 행복해하신다. 모든 장기 자랑이 끝나고 다함께 어버이날 노래를 불러드린다.

"나실 제 괴로움 다 잊으시고 기르실 제 밤낮으로 애쓰는 마음 진자리 마른자리 갈아 뉘시며 손발이 다 닳도록 고생하시네. 아아아, 고마워라. 스승의 사랑. 아아아, 보답하리. 스승의 은혜~." 어라! 어버이날 노래를 잘 부르다가 갑자기 스승의 은혜로 노래가 바뀌어버려 부모님들이 감동의 눈물을 흘리시다가 웃으신다. 아버지, 어머니, 모두 건강하시고 행복하세요.

주 너의 하느님이 너에게 명령하는 대로,
아버지와 어머니를 공경하여라.
그러면 너는 주 너의 하느님이 너에게 주는
땅에서 오래 살고 잘될 것이다.

신명 5, 16

시차 적응

우리 바오로 수도회는 로마에 총본부를 두고 전 세계 24개국에
진출해 있다. 그래서 국제회의도 자주 있고 회원들끼리 인적 교류
도 활발하다. 현재 한국 바오로 수도회에서 세 분의 수사님이 해
외 바오로 수도원에 파견되어 살고 계신다. 한 분은 미국 바오로 수
도회에서 사도직을 하시고, 또 한 분은 볼리비아 바오로 수도회에
서 사도직을 하시며, 나머지 한 수사님은 이태리에서 공부를 하고
계신다.

그런데 오랫동안 이태리에 머물며 공부를 마친 수사님이 이번에
귀국하였다. 긴 외국 생활과 공부 때문에 힘들어서 그런지 많이 야
위었다. 도착하자마자 짐을 풀고 오래간만에 한국 음식을 배불리
먹은 후 긴 여정에 지쳐 일찍 잠에 든 수사님은 다음 날 아침 기도
시간에 내려오질 못하였다. 늦게 내려온 수사님은 시차 때문에 새

벽에 잠이 깨서 거의 잠을 못 자다가 늦게 잠이 들어 아침 기도 시간에 기상을 못했다며 미안해한다. 우리는 안쓰러운 마음에 시차 적응하려면 며칠 걸릴지도 모르니 편하게 푹 쉬고 늦게 일어나더라도 미안해하지 말라며 편안하게 대해주었다. 이태리와 한국의 시차는 8시간 정도 된다. 낮과 밤이 갑자기 바뀌는 시차 적응이 쉬운 일이 아니라는 것을 알기에 우리는 오랫동안 외국에 있다 온 수사님을 이해해주었다.

그러다가 일주일 후에 방학 기간 동안 잠깐 일본 수도원에 가서 언어 연수를 한 수사님이 귀국하였다. 두 달간 일본 수도원에 다녀온 수사님은 그동안 한국 음식이 너무 그리웠다면서 저녁 식사로 나온 김치찌개를 폭풍 흡입하더니 피곤하다며 일찍 잠자리에 들었다. 그런데 그 수사님도 이태리에서 공부를 마치고 돌아온 수사님과 마찬가지로 다음 날 아침 기도 시간에 내려오질 않았다. 그 수사님이 워낙 늦잠꾸러기임을 알고 있었기에 그다지 궁금해하지도 않은 채 아침 식사를 하고 있는데 늦게 일어나 아침을 먹으러 식당으로 내려온 수사님이 "아이고, 시차 때문에 힘이 들어서 뒤척이다 늦게 일어났네." 하신다. 우리는 모두 웃음을 터뜨리고 말았다. 아니, 일본과 우리나라 사이에 시차가 있었단 말인가?

추억의 스승님들

오늘은 스승의 날이다. 초등학교 때부터 신학교를 졸업할 때까지 뵈었던 스승님들의 얼굴을 떠올리며 추억에 잠긴다.

초등학교 때 부산에서 전학 온 지 얼마 안 되어 사투리를 쓴다고 놀림당하던 나를 따뜻하게 감싸주셨던 담임선생님, 중학교 때 난생 처음 짝사랑에 빠졌던 수학 담당 선생님, 고등학교 때 터미네이터로 악명 높았던 담임선생님, 신학교에 들어갈 준비로 어려움을 겪고 있을 때 많은 도움을 주셨던 국어 선생님 등 정말 고마워해야 할 분들이 너무 많다.

내가 수학을 좋아하고 잘하게 되는 데 큰 도움이 되었던 중학교 때 수학 선생님은 정말 고우셨다. 선생님이 좋았기 때문에 그 과목을 좋아하게 되었던 것 같다. 선생님은 가끔 빵집에 가서 빵을 사주셨는데, 어느 날 빵집에서 선생님은 곧 결혼하게 될 거라며 약혼자의 사진을 보여주셨다. 나는 그날 하늘이 무너지는 줄 알았다. 처음으로 사랑하는 사람과 이별하는 아픔을 맛본 순간이었다. 그 이후로 수학이 싫어졌다.

고등학교 때의 터미네이터 선생님은 교련과 체육을 담당하셨던 담임선생님이었다. 하루는 짝꿍이 너무 몸이 아파서 조퇴를 해야겠다기에 선생님을 열심히 찾아다녔다. 하지만 찾지를 못하고 교실에 들어서면서 "도대체 터미네이터 이 새끼는 어디에 있는 거야?"라며 짜증을 내는데, 하필 그 터미네이터 선생님이 뒤에 계셨다. 그날이 내 제삿날인 줄 알았다. 하지만 담임선생님은 "터미네이터 여기 있다. 왜?" 하시면서 나를 살려주셨다. 진짜 눈물 날 정도로 고마웠다.

고등학교 3학년 때에는 내가 신학교에 들어갈 수 있게끔 크게 도와주셨던 요한 선생님이 계셨다. 신학대학교 입학시험을 치르기 100일 전 예비 신학생 모임이 있었는데, 청천벽력 같은 소식을 듣게 되었다. 신학교 시험 문제지는 문과 시험지밖에 나오지 않는다는 것이었다. 나는 당시 이과 계열 학생이었기 때문에 참으로 난감하였다. 이 사정을 전해 들은 요한 선생님은 당신의 담당 과목인 국어를 비롯하여 문과 선생님들께 부탁하여 나를 특별히 도와주게 하셨다. 그 덕분에 신학교 시험을 무사히 통과할 수 있었다.

이 모든 도움을 주신 스승님들께 깊은 감사를 드리며, 스승의 은혜 노래를 선물로 드리고 싶다. 스승의 은혜는 하늘 같아서 우러러 볼수록 높아만지네~.

해외 도서 홍보

오늘은 주님 승천 대축일이자 홍보 주일이다. 주님 승천 대축일에는 주님께서 승천하시면서 제자들에게 "너희는 온 세상에 가서 모든 피조물에게 복음을 선포하여라."(마르 16, 15)라고 하신 말씀을 듣게 되고 또 복음을 전하는 홍보 주일로 지낸다.

우리 수도회는 홍보 수단을 통해 복음을 전하는 사명을 수행하는 수도회라서 매년 홍보 주일이 되면 본당에 나가서 우리가 만든 신앙 서적 등을 비롯하여 많은 매체들을 소개한다. 신자분들이 평소에 신앙 서적을 접할 기회가 많지 않아서 우리 수사님들이 직접 찾아가서 영적 독서를 하라고 권하면 많이들 좋아하시고 호응해 주신다.

특히 해외 한인 성당에서는 우리글로 된 신앙 서적을 접하기 쉽지 않아 가끔은 해외 교포 신자들을 위하여 신앙 서적들을 챙겨 먼

길을 떠난다. 이렇게 멀리 해외로 도서 홍보를 나갈 때면 국내 도서 홍보를 나갈 때보다 준비를 더 철저히 해야 한다. 오랜 시간 먼 해외에서 보내시는 분들을 위해 도서 선정에도 더욱 정성과 신중을 기울인다. 그리고 도서 대금을 계산할 때에는 해외 화폐를 사용해야 하니, 환전도 해야 한다.

한번은 미국에 있는 한인 성당을 다니며 홍보를 하게 되었다. 도서 선교를 하기 위해 나와 한 분의 수사님이 파견되었다. 우리는 미국으로 가기 전에 신자분들에게 꼭 필요한 영성 서적을 고르느라 애를 많이 썼다. 그리고 잔돈을 마련하기 위해 은행에 가서 달러 지폐를 환전하였다. 나와 동행하는 수사님은 행여 준비해가는 달러 지폐를 잃어버리면 큰일이라며 어깨 가방을 사서 자기 몸에 딱 붙여 다니겠단다.

그렇게 모든 준비가 끝나고 드디어 미국행 비행기에 올랐다. 장시간의 비행 끝에 도착한 뉴욕 공항에서 입국 심사를 받게 되었다. 그런데 심사관이 동행한 수사님에게 예상치 않게 여행 경비는 얼마나 들고 왔냐고 물었다. 그 수사님께서는 순진하게도 어깨 가방을 열어 보였다. 뭉칫돈을 발견한 심사관이 화들짝 놀랐다. 하지만 이내 그 뭉칫돈이 죄다 1달러짜리 지폐인 것을 보고는 심사관이 웃으며 통과시켜주었다. 그렇게 우리의 선교 여행은 아슬아슬하게 시작되어 한 달 동안 이어졌고, 많은 교포 신자분들은 복음을 기쁘게 받아들였다.

'너희가 내 형제들인 이 가장 작은 이들 가운데 한 사람에게
해 준 것이 바로 나에게 해 준 것이다.'

마태 25, 40

대장금

나는 사제 서품을 받고 일 년 정도 지나 미국 성 바오로 수도회로 파견되었다. 미국 수도원에서 일도 도와주며 홍보 전문가 과정을 공부하기 위해서였다. 영어를 썩 잘하는 편이 아니라서 걱정이 되었지만 한국에서 익힌 기초 실력이 있으니 그것만 믿고 훌쩍 떠났다.

미국에 도착하여 수사님들과 인사를 나눈 후 원장님이 방을 배정해주셨는데, 방이 정말 초라했다. 침대도 삐거덕거리고 에어컨도 없었다. 원장님께서 빠른 영어로 뭐라고 하셨는데, 다 알아듣진 못했지만 분명 'one month', 'change'라는 단어는 들렸다. 그래서 나는 한 달 뒤에는 방을 바꾸어주려나 보다 생각하며 짐을 대충 풀었다. 하지만 그 방은 내가 미국을 떠나올 때까지 계속 사용하였다. 분명 커뮤니케이션에 문제가 있었을 것이다. 지금도 이해가 되지 않는다.

그럭저럭 몇 달을 지내다가 근처에 동물원이 있다는 말을 듣고 어느 휴일에 갑자기 가보고 싶어서 할아버지 수사님께 동물원에 데려다 달라고 이야기했더니 도통 알아듣질 못하셨다. 나는 분명 zoo라고 이야기했는데 하도 못 알아들으셔서 결국 종이에 ZOO라고 적어드렸다. 그제야 알아들으시며 나의 발음이 틀렸다고 지적해주셨다. Z 발음으로 '쥬'라고 말해야 하는데 J 발음으로 '주'라고 했단다. 나는 아무리 들어도 구별이 안 되었지만 인내심 많은 할아버지 수사님께서 계속 반복해서 발음의 차이를 들려주시니 그제야 내가 Z 발음과 J 발음을 구별하지 못했다는 사실을 깨닫게 되었다. 할아버지 수사님께 감사드리면서 끊임없이 발음 연습을 했다. zoo, zebra, zoom……. 그렇게 맹렬히 Z 발음과 J 발음의 차이를 연습하여 이제는 진짜 미국 사람처럼 발음을 하게 되었다.

그렇게 Z 발음에 자신감이 생길 즈음 한인 성당 사목회장님이 전화를 주셨다. 당신 댁에 한국 드라마 비디오가 있는데 너무 재미있으니 와서 같이 보자는 것이다. "제목이 뭔데요?" 하고 물으니 〈대장금〉이란다. 그래서 나도 모르게 "대쟝금요?" 하고 Z 발음으로 말씀드렸더니 사목회장님 하시는 말씀. "아이고 신부님, 미국 오신 지 얼마나 됐다고 그렇게 혀를 꼬세요?"

테러범

미국 바오로 수도회로 공부하러 떠났을 때가 9.11 테러 사건이 있은 지 얼마 안 되었을 즈음이었다. 전 세계가 끔찍한 테러의 공포에서 벗어나지 못하였을 때이니 미국에 가는 일이 매우 까다로웠고, 입국할 때에도 상당히 복잡한 절차를 거쳐야 했다.

내가 다녀야 할 학교는 맨해튼에 있고 수도원은 스태튼아일랜드에 있었다. 나는 곧 개학하는 홍보 전문가 과정에 등록하기 위하여 맨해튼에 있는 학교에 서류를 들고 찾아갔다. 수도원에서 학교까지는 무료 셔틀 페리를 타고 가는데, 폭발 테러 때문인지 몰라도 곳곳에 무장 경찰들이 서 있었고 불시에 검문을 하기도 하였다. 학교로 향하는 동안 페리에서도 여러 차례 검문을 받았는데, 학교 입구에서도 신분 확인을 하였다. 무장까지 한 경비 아저씨는 내가 학교에 온 이유를 물어보고 확인을 거친 후, 가지고 있는 여권을 경비실에

맡기고 가라고 하셨다. 경비가 무척 삼엄했다.

나는 입학 서류를 제출하기 위해 8층에 있는 사무실로 엘리베이터를 타고 올라갔다. 그런데 내가 찾아간 사무실은 입학 서류를 담당하는 곳이 아니었다. 사무실 직원이 9층에 있는 서류 접수처로 가라고 한다. 나는 한 층만 올라가면 되니 엘리베이터를 이용하는 대신 그냥 비상계단으로 올라갔다. 한 층을 올라가서 문을 여는데, 어라, 문이 잠겨 있다. 하는 수 없이 다시 8층으로 되돌아가 문을 열었더니, 어라, 아까 분명히 열고 들어온 문도 열리지 않는다. 나는 순간 덜컥 겁이 나서 7층으로 내려갔다. 그쪽 문도 열수가 없었다. 꼼짝없이 비상계단에 갇혀버린 것이다.

놀란 가슴으로 내려가면서 계속 문을 열어도 열리지 않았다. 드디어 1층까지 내려와 기도하는 마음으로 문을 밀었더니 드디어 문이 열렸다. 그런데 문이 열리자마자 온 건물에 사이렌이 울린다. 무장한 경비 아저씨가 놀라서 달려오더니, 영어로 막 뭐라고 하시면서 나를 끌고 가더니 여권을 쥐어주며 당장 나가라고 하셨다. 그렇게 서류 접수도 못한 채 쫓겨나 꿀꿀한 기분으로 수도원으로 돌아와 상황을 말씀드렸더니 수사님들은 테러범으로 잡혀가지 않은 것만 해도 다행이라며 낄낄낄 웃으신다.

무식한 한국 신부

미국 수도원에서 공부할 때였다. 학교에서 밤늦게 돌아오니 수사님들이 휴게실에 모여 앉아 TV를 보고 계셨다. 나는 수사님들 가운데 끼어 앉으며 무슨 프로그램인지 물어보았다. 수사님들은 역사적 인물을 소개하는 다큐멘터리인데, 아주 재미있단다. 나는 그 역사적 인물이 누구인지 궁금하여 물어보았다. 수사님들이 '마이클 앤젤로'라고 한다.

'마이클 앤젤로? 누구지? 처음 들어보는 사람인데?'라고 생각하며 다시 물어보았다. "수사님들, 마이클 앤젤로가 누구예요?" 수사님들이 화들짝 놀라며 그 유명한 마이클 앤젤로가 누군지 모르느냐며 이상한 눈으로 쳐다보셨다. 내가 난생 처음 들어보는 이름이라 누군지 모르겠다고 했더니, 아주 유명한 화가라신다.

'유명한 화가?' 나는 다시 물어보았다. "현대 미술 화가인가요?"

그랬더니 수사님들이 또 가슴을 치면서 말씀하신다. 현대 화가가 아니라 르네상스 시대의 유명한 교회 예술가란다. '교회 예술가 중에 마이클 앤젤로라는 사람이 있었나? 그리 유명한 사람은 아닌 것 같은데……'라고 생각하고 고개를 갸웃거리며 휴게실을 나서는데, 몇몇 수사님이 한국에서는 그런 것도 안 가르쳐주느냐며 나더러 무식하다고 핀잔을 주신다. 나는 혼잣말로 "르네상스 시대 때 엄청 많은 예술가들이 있었을 텐데 마이클 앤젤로라는 사람을 내가 알게 뭐람."이라고 말하며 피곤한 몸을 이끌고 방으로 갔다.

다음 날 마이클 앤젤로라는 예술가가 머릿속에서 맴돌고 떠나지 않아서 가지고 간 전자 영어 사전을 꺼내 검색해보았다. 수사님들이 말한 마이클 앤젤로는 우리가 다 아는 그 유명한 미켈란젤로였다. 미켈란젤로를 미국식 발음으로 마이클 앤젤로라고 불렀던 것이다. 내가 왜 미켈란젤로를 몰라. 알아도 너무 잘 알지! 나는 얼른 수사님들께 "그 사람, 마이클 앤젤로가 누군지 알아요!" 하고 외쳤다. 하지만 수사님들 반응이 미지근했다. 한 수사님이 말씀하셨다. "밤새 공부했구나."

미국식 친구

미국 수도원에서 지내는 동안 문화 충격을 받은 일이 몇 번 있었다.

첫 번째 충격은 인종 차별에 관한 것이었다. 내가 인종 차별을 당한 것이 아니라 반대로 내가 인종 차별을 한 경우였다. 전철을 타고 가는데, 전철 안에서 흑인 남자와 백인 여자가 키스하는 모습을 보았다. 연인 사이라면 애정 표현을 하는 것이 당연한 일이고, 서양이니까 공공장소에서 키스하는 것쯤은 이해가 되었다. 그런데 흑인 남자와 백인 여자라는 관계가 조금 생소하게 다가왔다. 왜 저 백인 여자는 흑인 남자를 사랑하게 되었을까? 혹시 조금 문제가 있는 것은 아닌가? 그 생각을 하는 순간 내가 부지불식간에 인종 차별을 하고 있다는 사실을 깨닫게 되었다. 내가 나 자신에게 놀랐다. 왜 백인 여자와 흑인 남자가 연인 사이인 것을 이상하게 여겼을까? 나의 의식 속에 잠재적으로 인종 차별적 사고가 깔려 있었다는 사실이 무척 부끄러웠다.

두 번째 충격은 단어의 의미에 관한 것이었다. 미국 수도원에는 연로하신 수사님들이 대부분인데, 한 수사님이 친구 결혼식에 함께 가자고 나를 초대했다. 나는 수사님께 그 친구분이 재혼을 하는 것인지 물어보았다. 수사님은 두 번째 결혼이 아니고 첫 번째 결혼이라고 하셨다. 나는 속으로 '저렇게 나이가 든 수사님의 친구라면 분명 두 번째나 세 번째 결혼일 것으로 생각했는데 첫 번째 결혼이라니, 친구분이 여태 혼자 사시다가 늦은 나이에 좋은 사람을 만났는가 보다.'라고 생각하며 결혼식장으로 향했다.

그런데 결혼하는 그 남자는 30대 초반의 건장한 젊은이였다. 나는 깜짝 놀라 수사님께 "친구라는 분이 저분이에요?" 하고 물었다. 수사님은 그 젊은이의 어깨에 손을 올리면서 "Yes. He is my best friend. He is a good man." 하신다. 나는 순간 문화 충격을 느끼며 속으로 생각했다. 아하, 우리가 생각하는 친구는 동갑내기를 말하는데, 미국에서는 친한 사이면 친구라고 하는구나.

수도원에 돌아가면 할아버지 수사님들에게 이렇게 인사해야겠다. "What's up my friend?"

내가 그대에게 써 보내는 것은
무슨 새 계명이 아니라
우리가 처음부터 지녀 온 계명입니다.
곧 서로 사랑하라는 것입니다.

2요한 1, 5

짧은 식사 시간

수도원의 식사 시간은 30분이다. 아침 식사는 7시 30분에 시작하여 자율적으로 마치고 점심 식사는 12시 30분에 시작하여 1시까지, 저녁 식사는 6시 30분에 시작하여 7시에 마친다. 식사 시작 전에 원장님이 시작 기도를 하면 각자 접시에 밥과 반찬, 국을 떠서 식사를 한다. 즐거운 식사 시간이 끝날 때가 되면 원장님이 종을 친다. 종이 울리면 당번 수사님이 수도회의 회칙을 읽고, 기일을 맞은 바오로 가족 수도자들의 이름을 열거하며 돌아가신 분들을 위해 짧은 기도를 하고 나서 식사 후 기도로 마친다.

피정 중일 때는 침묵 속에 식사를 하지만, 그렇지 않은 경우에는 즐겁게 담소를 나누며 식사를 하는데, 각 그룹별로 이런저런 대화가 오간다. 어떤 수사님은 그저 대화를 들으며 조용히 식사하시고, 어떤 수사님은 이것저것 주제를 꺼내서 즐겁게 대화를 이끌어가기도 한다. 나 같은 경우에는 이런저런 할 이야기가 많아서 조잘조잘 말을 이어가는 편이다. 그러다 보니 아무래도 다른 수사님들보다 식사 시간이 길어질 수밖에 없다.

주어진 식사 시간은 30분인데, 지저귀는 참새처럼 짹짹거리며 말을 하는 통에 나는 정해진 식사 시간 안에 밥을 다 먹지도 못하고 시간을 넘기는 경우가 자주 있다. 그래도 원장님께서는 시간이 지나도록 밥을 다 먹지 못하고 조잘조잘 떠드는 나를 인내심을 갖고 기다려주신다.

그러던 어느 날, 식사를 마친 뒤 원장님께서 같이 산책을 하자고 하신다. 원장님께서는 산책하는 중에 나에 대해 이것저것 관심을 갖고 물어보신다. 건강은 괜찮은지, 사도직에 어려움은 없는지 등등 인자한 아버지처럼 살펴주신다. 그러더니 대화의 주제가 식사 시간으로 넘어가기 시작한다. 식사 시간도 수도원의 다른 일과처럼 공동체가 정해놓은 규칙인데, 나의 식사가 길어진 탓에 일찍 식사를 마치고 식사 시간이 끝나기를 기다리는 사람이 있다는 점을 생각해봐야 한다는 것이다. 순간 나는 내가 식사를 오래 끄는 바람에 기다리는 사람이 있다는 사실에 미안한 마음이 들었다. 그래서 원장님께 "어떻게 할까요?" 하고 물었다. 원장님께서는 밥을 좀 빨리 먹든지 양을 줄이란다. 어려운 선택이었다. 그래서 나는 결국 식사 양을 줄이기로 했다.

감동의 미역국

미국 수도원에서 생활하고 있을 때였다. 미국 수도원에는 한국 수도원과는 달리 주방 아주머니가 아니라 주방 아저씨가 근무하고 계셨다. 특이했다. 주방 아저씨의 이름은 죠 오브라이언. 아일랜드계 미국인이다. 그 아저씨는 오랜 시간 무역업에 종사하셨단다. 그래서 주로 남미 쪽을 많이 다니셨단다. 하지만 은퇴하신 후 미국 바오로 수도원의 주방에서 일을 하게 되셨단다. 요리하는 데 워낙 취미가 있으시고 잘하셔서 근무를 하고 계시단다.

나는 시간이 날 때마다 죠 아저씨를 도와드렸기 때문에 금세 친해지게 되었다. 아일랜드 사람들의 축제에도 자주 같이 가고, 죠 아저씨가 야구를 무척 좋아하시기 때문에 야구장에도 자주 같이 갔다. 그리고 죠 아저씨의 손녀에게 유아 세례도 주었으니 아주 가까워질 수밖에 없었다. 한번은 학교 가는 길에 셔틀 페리가 사고가 나서 우왕좌왕하고 있을 때, 죠 아저씨에게 긴급히 도움 전화를 드렸더니 흔쾌히 학교까지 차로 데려다준 적도 있었다. 이렇게 우리 둘의 우정은 점점 깊어갔다.

어느 날 죠 아저씨가 내 생일이 언제냐고 물어보았다. 나는 아무 생각 없이 생일을 알려주었다. 그랬더니 그날 저녁에 야구장에 데려가겠다고 하셨다. 나는 생일 선물로 야구 관람을 제안해주신 죠 아저씨께 감사를 드렸다. 드디어 다가온 생일날, 수도원에서 저녁을 먹고 야구장으로 가기로 하였다. 그런데 나는 수도원 저녁 메뉴 중에 나만을 위해 특별히 준비된 메뉴를 보고 너무 놀랐다. 그것은 바로 미역국이었다. 아니 도대체 죠 아저씨가 어떻게 이런 생각을 하게 되었는지 정말 신기했다. 죠 아저씨는 나 몰래 한국 사람들은 생일날 어떤 특별한 음식을 먹는지 인터넷으로 알아보았단다. 그리고 차를 타고 멀리 한국 식료품 가게에 가서 미역을 사다가 요리하는 법을 배워 미역국을 준비하신 것이었다. 죠 아저씨의 정성과 착한 마음이 가득한 미역국은 정말 감동 그 자체였다. 솔직히 감동의 미역국 맛은 별로였지만, 그 맛은 지금까지도 잊을 수 없는 멋진 맛이었다. 죠 아저씨, 늘 건강하세요!

이 세상에 나쁜 개는 없다

수도원에 강아지가 한 마리 들어왔다. 품종은 콜리. 한때 텔레비전 광고에도 등장했던 꽤 멋있는 개다. 머리가 좋아 훈련이 쉽고 사회화가 잘 되면 훌륭한 반려견으로 성장할 수 있다고 한다. 수도원에서 키우는 여타 잡종견과는 달리 족보 있는 개라고 해서 다들 새로 입회한 강아지에게 관심이 많다. 수사님들이 너무 귀엽고 멋있다며 간식도 엄청 챙겨주신다. 다른 개들이 부러워 질투한다.

그런데 한 수사님이 이렇게 여러 사람이 만지고 간식도 아무 때나 가져다주면 옆에 있는 다른 잡종견들처럼 버릇없고 멍청해진다면서 훈련을 시키겠다고 나섰다. 귀족 개를 다른 잡종견처럼 내버려두지 않겠다는 것이다. 우리는 그 수사님의 의견에 동의하면서 강아지 훈련사에게 보내면 어떻겠냐고 제안했다. 하지만 그 수사님은 당신이 직접 이 콜리 강아지를 훈련시키겠단다. 강아지를 훈련시켜

본 경험이 없는 수사님을 의심의 눈초리로 쳐다보니 자신만만해하며 무조건 믿고 맡겨보란다.

훈련을 담당한 그 수사님은 서점에 가서 강아지 훈련에 관한 책을 잔뜩 사가지고 오셨다. 혹독한 훈련이 시작되었다. 앉아, 일어서, 기다려, 짖어 등등 사람의 말을 알아듣게 하려고 엄청 애를 쓰신다. 훈련 시간은 거의 하루 종일이었다. 우리는 수사님께 정도껏 하라고 충고했지만 필이 꽂힌 수사님은 아랑곳하지 않고 훈련에 매진하였다. 시달리는 강아지가 불쌍했다.

그렇게 어느덧 일 년이 흘렀다. 드디어 훈련을 맡은 수사님이 모든 훈련 과정을 마쳤다면서 시연을 하겠단다. 마당에 모인 우리는 시연을 지켜보았다. 그 수사님은 앉아, 일어서, 기다려, 짖어, 굴러, 점프 등등 무려 20가지의 명령어를 선보이며 잘 따라주는 강아지를 자랑스러워하신다. 우리 모두는 놀라움을 금치 못하며 격려의 박수를 보내었다.

하지만 황당한 사건이 생겼다. 며칠 뒤 강아지가 갑자기 사라졌다. 열흘이 지나도 강아지는 돌아오지 않았다. 동네 어르신의 진술에 따르면 낯선 사람을 따라 수도원 밖으로 나갔다는 것이다. 우리는 훈련 담당 수사님께 왜 낯선 사람 안 따라가게 하는 훈련은 시키지 않았느냐고 추궁했더니 그런 일은 상상도 못했단다. 그렇게 콜리 강아지는 허락도 없이 수도원을 퇴회退會하였다.

여자 화장실

나는 영화 관람을 좋아한다. 그래서 한 달에 한 번 꼴로 새로 나온 영화를 보러 영화관에 간다. 어릴 때부터 영화를 좋아해서 자주 갔는데, 그래서 영화관에 관련된 추억이 많다.

동네에서 제일 좋은 영화관은 미아리의 대지극장. 하지만 그 극장은 동시 상영을 하지 않고 입장료가 비싸서 동시 상영을 하는 수유리의 세일극장에 자주 갔다. 때로는 음향 시스템이 좋아야 볼 맛이 나는 영화를 보기 위해 의정부에 있는 중앙극장까지 버스를 타고 간 적도 있었다. 극장마다 고유한 구조와 영업 방침이 있어서 이 영화관, 저 영화관 골라 가는 재미도 있었다. 하지만 옛날 극장들은 거의 사라지고 요즘은 어딜 가나 똑같은 구조와 스타일의 대형 영화관뿐이다.

우리 수도원에서 제일 가까운 영화관은 걸어서 10분 거리에 있다. 과거처럼 극장만의 고유한 영업 방침과 영화 프로그램에 따라 영화관을 골라 다니는 즐거움을 누리지 못하다 보니 매번 같은 영화관에 가게 된다. 항상 똑같은 동선으로 움직여서 눈 감고도 다닐 정도다.

한번은 오래간만에 혼자 영화를 보러 갔다가 황당한 일을 당하였다. 영화를 보고 나면 으레 화장실로 향하는데 매번 같은 영화관에 가다 보니 상영관에서 나오자마자 오른쪽에 있는 남자 화장실을 이용하였다. 그날도 아무 생각 없이 오른쪽에 있는 남자 화장실로 직행했다. 그런데 이상하게도 소변기가 하나도 없었다. 영화관을 찾지 않은 사이에 화장실을 리모델링한 모양이었다. 그래도 그렇지 어찌 소변기를 다 치워버렸을까 생각하며 할 수 없이 좌변기에 볼일을 보고 손을 씻는데 웬 여자분이 불쑥 들어오더니 나를 발견하고는 화장실을 잘못 찾아왔다고 미안해하며 후다닥 나갔다. 나는 저분이 하도 급해서 잘못 들어왔나 보다 생각하고 웃으며 나가는데 조금 전 그 여자분이 다른 편 화장실에서 또 미안하다고 하고는 이쪽으로 뛰어오는 것이었다. 저분이 왜 왔다 갔다 하는지 의아해하다가 화장실을 본 순간, 아뿔사, 내가 여자 화장실로 잘못 들어갔다는 사실을 알게 되었다. 나도 너무 놀란 나머지 후다닥 도망쳐 나왔다. 에고, 죄송해라. 미안합니다.

코딱지 먹고 싶어요

신학생 시절 겨울 방학을 이용하여 필리핀 바오로 수도회로 영어 연수를 갔을 때의 일이다. 필리핀에 도착하기 전까지만 해도 나는 필리핀 사람들이 모두 영어를 사용하는 줄 알았다. 하지만 필리핀의 공항에 크게 씌어 있는 글씨들은 분명 영어가 아니었다. 환영한다는 뜻의 타칼로그어인 마부하이mabuhay를 제일 먼저 만나게되었다. 타칼로그어는 필리핀의 공식 언어다. 물론 영어를 공용어로 쓰기는 하지만 일상생활에서는 타칼로그어를 많이 쓴다. 그래서 수도원에서 생활할 때도 대부분의 수사님들이 영어로 대화하기보다는 타칼로그어를 썼다.

내 담당 수사님께서는 영어 학원에 가려면 지프니라고 하는 대중교통을 이용해야 한다며, 지프니 타는 요령을 가르쳐주었다. 일단 큰 길에 나가서 지프니 앞에 붙어 있는 행선지를 보고 탑승한 뒤 학원 부근에 다다랐을 때 '마마 바라포'라고 외치란다. 그러면 기사님이 차를 세워준단다. 그리고 요금을 낼 때는 정확하게 잔돈으로 주면 좋지만 잔돈이 없어서 지폐를 내밀 때는 반드시 '수클리쿠포'라고 하란다. 번역하면 '잔돈 주세요'다. 그리고 지프니에서 내릴 때는 고맙다는 뜻의 '살라맛포'라고 해야 한단다. 이렇게 지프니 타는 방법을 배워서 영어 학원에 열심히 다녔다. 수도원에서는 늘 타칼로그어를 써야 하니, 타칼로그어도 알아야겠다는 생각을 했다. 그래서 기회가 될 때마다 타칼로그어를 익혀나갔다.

일단 음식 이름부터 알아야겠다고 생각했다. 수사님들과 농구 시합을 하고 나면 으레 시원한 산미구엘 맥주에 곁들여 안주를 먹었는데 그게 참 맛있었다. 이름을 물었더니 '치차론'이란다. 치차론은 돼지 껍질로 만든 과자다. 그리고 필리핀식 잡채가 아주 맛있어서 이름을 물었더니 '쿨랑웃'이란다. 기억해놓았다가 주방 수녀님께 쿨랑웃이 제일 맛있다며 자주 해달라고 했더니 뒤로 넘어질 듯 웃으신다. 나는 내 발음이 이상해서 그러나 하고 의아해하는데 수녀님께서 쿨랑웃은 '코딱지'라는 뜻이란다. 수사님들이 내게 장난을 친 것이다.

수사님들이 한국에 오면 나도 똑같이 장난을 쳐야겠다.

낙마

내가 사는 제주도에는 놀 것이 많다. 올레길을 따라 걸어도 좋고, 여름이면 자맥질을 하며 바다 속 구경도 하고, 낚시도 할 수 있으며, 겨울에 눈이 많이 오면 야트막한 오름에 가서 눈썰매를 탈 수도 있다. 물론 돈이 좀 있으면 할 것이 더욱 많아진다. 골프를 쳐도 되고, 스쿠버 다이빙을 해도 되고, 승마를 해도 좋다. 나는 제주도에 사는 동안 말을 자주 보아서 그런지 언젠가 꼭 한번 말을 타보고 싶었다. 그냥 체험 삼아 5~10분 정도 타는 그런 사진 찍기용 말고 진짜 말에 올라 달려보고 싶었다.

그러던 중 어떤 분이 말 목장을 운영하는데 공짜로 말 타는 법을 가르쳐줄 테니 시간 되면 오라고 하셨다. 나는 너무 기쁜 나머지 다음 날 당장 목장으로 향했다.

그 목장에는 주말을 이용하여 승마를 즐기는 도심지의 사람들이 키워달라고 맡겨놓은 멋진 말들이 많았다. 목장 주인이 말 주인에게 허락을 얻어 태워준 말의 이름은 '바람'이었다. 한눈에 보기에도 바람처럼 날렵한 그 말은 초보자인 나에게 매우 친절했다. 보통은 승마를 하기 위해서는 안전모와 승마 바지 등 갖추어야 할 장비들이 꽤 있는데, 나는 돈이 없어서 그냥 타야 했다. 그래서 목장 주인이 아주 순한 말을 데리고 온 것이었다.

바람이와 교감하기 위해 먼저 빗으로 털을 빗겨주고 온갖 아부를 떤 뒤에 기승騎乘을 했는데, 너무나도 순순히 초보자인 나에게 등을 내주었다. 그렇게 바람이와 나는 목장 안을 조심조심 다녔고, 어느 정도 승마에 자신감이 붙게 되었다.

그러던 어느 날, 바람이의 주인이 와서 다른 말을 타야 하는 상황에 처했다. 바람이 대신 목장 주인이 선택해준 말은 '태풍'이었다. 바람이보다 덩치가 큰 태풍이는 왠지 성격이 까칠해 보였다. 하지만 어느 정도 승마에 자신감이 붙은 덕분에 겁이 나지는 않았다. 태풍이에게 살짝 윙크를 한 뒤 기승을 하려고 왼쪽 발을 올린 뒤 나머지 오른쪽 발을 올리려는데 태풍이가 짜증이 났는지 갑자기 냅다 뛰기 시작했다. 기승을 하기도 전에 태풍이가 뛰는 바람에 나는 대롱대롱 매달려서 가다가 결국 낙마를 하고 말았다. 옆구리를 땅에 부딪히며 떨어졌는데 순간 숨을 못 쉴 정도로 아팠다. 태풍이가 미웠고 갑자기 말이 무서워졌다.

목장 주인은 무서워하는 나에게 다시 태풍이를 타라고 한다. 이번에 무서워서 못 타면 평생 말을 못 탄다고 하신다. 나는 떨리는 마음으로 다시 태풍이 등에 올라탔다. 태풍이도 미안했던지 이번에는 순순히 등을 내주었다.

승마를 마친 뒤 목장 주인아저씨가 낙마턱을 쏘란다. 낙마턱이라고? 평생 처음 들어보는 말이었다. 나는 아픈 몸을 이끌고 아저씨와 함께 막걸리를 마시러 갔다. 태풍이 덕에 돈 좀 썼다.

아버님

휴대 전화기의 수명이 다 되어서 새로운 전화기를 마련하러 대리점에 갔다. 이런저런 전화기를 보여주는 젊은 아가씨가 "아버님, 어떤 제품 찾으세요?"라며 자세히 설명해주었다. 나는 마음에 드는 전화기를 골랐다. 직원분은 "아버님, 이쪽으로 오세요. 접수 도와드릴게요." 한다. 그렇게 서류를 작성하고 있는데 직원분이 내가 고른 전화기를 박스에서 꺼내더니 "아버님, 전원 켜실 때는 이쪽 버튼을 길게 누르시면 되고요, 충전하실 때는 제일 아래쪽 단자함에 충전기를 연결하시면 되고요……."라며 이미 다 알고 있는 내용을 계속 설명해준다. 내가 "저기요, 아가씨, 저도 그 정도는 다 알아요. 그리고 왜 자꾸 아버님, 아버님 그러세요. 나 아직 젊어요." 하고 말했더니, 젊은 직원분이 "서류 작성하실 때 생년월일 기입하시는 걸 봤는데, 저희 아빠랑 연세가 같으셔서 아버님이라고 했어요. 죄송해요." 한다. 나는 괜찮다고 했지만 사실 기분이 묘했다. 속으로 생각했다. '결혼도 안 했는데 아버님이라니? 나는 그저 손님일 뿐인데. 그리고 내가 벌써 그 나이가 되었나?' 어쨌든 자꾸 아버님이라는 소리를 들으니 어색했다.

수도원으로 돌아와서 저녁 식사를 하는 동안 낮에 있었던 일을 이야기하며 젊은 아가씨가 나보고 아버님, 아버님 하고 불러서 아주 기분이 이상했다고 말했다. 수사님들도 그런 경험이 있으셨던지 모두 공감하며 이런저런 경험담을 늘어놓는데, 한 수사님이 말씀하셨다. "마조리노 신부님, 신부님은 어쨌든 파더father잖아요. 그러니까 아버님이라는 소리 들어도 괜찮은 것 아니에요?" 그렇네? 그 수사님 말대로 나는 '파더'이니까 신부'를 영어로 priest 또는 father라고 한다 아버님 소리 들어도 이상한 건 아니구나, 라는 생각이 들긴 했다.

그래도 영어로 파더라고 불리는 것이랑 우리말로 아버님이라고 불리는 것은 영 기분이 다른데⋯⋯.

신부님 같지 않아요

가끔 교구 본당에서 미사를 봉헌해달라는 부탁을 받는다. 수도원에서 가까운 본당 신부님께서 연세가 드신 분이라서 어린이 미사를 부탁해오셨다.

어린이 미사의 강론은 어른을 대상으로 하는 강론과는 다르게 준비해야 한다. 성인은 최소한 20분 정도는 집중할 수 있지만 아이들은 집중할 수 있는 시간이 그리 길지 않아서 거기에 맞추어 강론 준비를 잘해야 한다. 집중력이 떨어지는 아이들을 위해서 대화식으로 강론을 진행하기도 하는데, 질문을 하기도 하고 몸동작을 크게 하며 퀴즈를 내서 정답을 맞힌 아이들에게는 선물도 준다. 그렇게 열심히 강론을 하고 미사를 마친 뒤 제의실에 들어가서 복사 아이들과 인사를 나누며 학교 다니는 것은 재미있느냐, 복사 서는 것이 어렵지는 않느냐 등등 이것저것 물어보았다. 그랬더니 느닷없이 한 복사 아이가 "신부님, 신부님은 신부님 같지가 않아요." 한다. 순간 뭐라고 대답해야 할지 몰라서 그냥 "어, 그래?" 하고 말았다.

제의실에서 나와 수도원으로 걸어가는데, 그 아이의 말이 머릿속에서 떠나지 않았다. "신부님은 신부님 같지가 않아요."라는 말의 의미가 도대체 무엇일까? 내가 무슨 실수라도 했나? 그 순진한 아이의 눈에 내가 너무 세속적으로 보인 걸까? 아니면 내가 죄를 많이 지어서 예수님께서 그 아이의 입을 통해 제대로 살라고 경고를 주셨나? 별의별 생각이 다 들었다. 심지어 밤에 잠들기 전까지도 그 아이의 말이 계속 떠올라서 고민을 했다. 또 내가 그동안 너무 신부답지 않게 살았던가 하는 반성도 하게 되었다.

그렇게 며칠 동안 그 아이의 말을 화두 삼아 고민을 거듭하다가 드디어 다음 주일에 어린이 미사에 가는 날 그 아이에게 물어보았다. "내가 신부님 같지 않다는 말이 무슨 말이야?" 그 아이의 대답. "신부님들은 다 어렵다고 생각했는데 신부님은 그냥 동네 아저씨 같아요. 그래서 신부님 같지 않다고 했어요." 나는 순간 웃음을 터뜨렸다. 아이고, 다행이다. 좋은 의미로 나에게 그런 말을 한 것이었구나. 도둑이 제 발 저린다고, 나는 그것도 모르고 혼자 끙끙 앓았던 것이다. 어쨌든 잘살아야겠다.

구안와사

오늘은 토마스 사도 축일이다. 우리나라에서는 토마스 사도를 '도마 사도'라고도 부른다.

우리 수도원에도 도마 본명을 가진 수사님이 있다. 나와는 수도원 입회 동기이며 절친이다. 이 수사님은 그동안 '수도원 일기'에 여러 번 등장했다. 이 수사님과 관련한 황당한 에피소드가 정말 많아서 수도원 일기의 단골손님이 되었다. 본명과 연관된 도마뱀이라는 별명, 추위를 많이 타서 생긴 내복이라는 별명에 얽힌 이야기며, 헤어린스를 선크림으로 착각해서 얼굴에 발라 문제가 생겼던 수사님도 바로 도마 수사님이다. 수도원 일기에 워낙 자주 등장해서 이제 이야기 소재가 떨어질 만도 한데, 아직 할 이야기 남아 있는 그런 분이다. 파도 파도 끝이 없는 이야기의 주인공이다.

한번은 이 수사님과 함께 몇몇 수사님들이 여름휴가를 받아 흑산도에 놀러 간 적이 있었다. 섬에서 바라본 밤하늘은 별들이 쏟아지는 듯했다. 시원한 바닷바람을 맞으며 마당의 나무 밑 평상에서 이런저런 이야기를 나누고 술잔을 기울이느라 시간이 어떻게 가는지도 몰랐다. 어느덧 밤이 깊어 각자 방으로 들어가는데, 도마 수사님은 바깥바람이 좋으니 그냥 평상에서 자겠다고 했다. 우리는 밖에서 자다가 혹시라도 입이 돌아갈 수 있으니 방에 가서 자라고 했지만, 도마 수사님은 오랜만에 야외에서 자고 싶다고 끝까지 우기셨다.

다음 날 아침 일찍 일어나서 미사를 하기 위해 준비할 때였다. 도마 수사님이 부스스한 얼굴로 경당에 들어왔다. 그 순간 우리 모두는 소스라치게 놀랐다. 입술이 퉁퉁 부어 있고 입이 돌아가 있었던 것이다. 우리 말을 듣지 않고 밖에서 자더니 결국 입이 돌아가고 말았다고 나무라는데, 도마 수사님은 입술이 따끔거리고 아프단다. 자세히 들여다보니 무슨 벌레에 쏘인 것 같았다. 확인하기 위해 마당에 나가 평상을 살펴보았다. 쐐기벌레가 기어 다니고 있었다. 따끔거리는 얼굴을 부비며, 그래도 구안와사가 아니라서 다행이라며 웃는 수사님이 우리를 또 웃게 만들었다.

연피정

내일부터 일주일간 연피정에 들어간다. 수도원에서는 의무적으로 한 달에 한 번 매달 첫 주일에 피정을 하는데 이를 월피정이라 하고, 일 년에 한 번 일주일간 피정을 하는데 이를 연피정이라 한다.

피정은 피세정념避世靜念의 준말로, 복잡하고 시끄러운 세속을 피해 바른 생각에 머무른다는 뜻이다. 영어로는 retreat인데, 전쟁터에서 작전상 후퇴를 할 때 retreat이라고 외치는 걸 보면 전열을 가다듬고 다시 싸울 준비를 한다는 의미가 담겨 있는 것 같다.

우리가 세상을 살아가면서 악의 유혹에 맞서 싸우며 하느님 나라를 향해 걸어가는 데 있어 이 피정은 꼭 필요한 과정이다. 피정 때에는 침묵이 필수다. 기도를 할 때 서로 방해가 되지 않기 위해 외적 침묵을 유지해야 하고, 더불어 오로지 하느님 말씀에만 침잠하기 위해 내적 침묵도 유지해야 한다. 잡념을 끊어버리고 온전히 주님의 가르침에 몰두하는 것이 쉽지는 않지만 주어진 영적 여정을 잘 걸어가기 위해서는 꼭 필요한 일이다.

월피정과 연피정 외에도 중요한 순간들, 예를 들어 사제 서품을 앞두거나 종신서원식을 앞두었을 때 긴 피정에 들어가기도 한다. 기간은 보통 30일 내지는 40일 정도다. 자신을 온전히 하느님께 봉헌하기에 앞서 어떤 각오로 임할지 깊은 기도 속에서 성찰하게 된다. 이때도 물론 침묵이 필수다.

나는 종신서원식을 앞두고 40일간의 침묵 피정에 들어갔다. 피정 시작 첫날에 영적 동반자께서 입문 강의를 해주셨고, 지친 몸과 마음이 회복될 때까지 휴식을 취하라고 하셔서 계속 잠만 잤다. 그렇게 줄곧 잠만 자다가 욕창이 생길 것 같아서 일어나 기도를 하겠다고 하였다. 영적 동반자께서는 하루에 8시간씩 성체 조배를 하라고 하셨고, 매일 30분씩 면담을 해주셨다. 그렇게 침묵 속에서 매일 똑같은 일과를 40일 동안 하고 났더니 내면에서 많은 울림이 울려 퍼졌다. 그리고 하느님이 어떤 분이신지 깨닫게 되었다. 바로 그 힘으로 지금까지 살아온 것 같다. 이번 연피정 때에도 열심히 기도해서 일 년간 살아갈 양식을 얻어와야겠다.

염소 때문에

우리 수도원 신학생이 시험을 보고 돌아와 울상이다. 벼락치기로 시험 준비를 했는데, 미처 읽어보지 못한 대목에서 문제가 나와 제대로 답을 쓰지 못했단다. 우리는 시험 준비를 여유 있게 하지 않고 벼락치기로 하느라 그렇게 되었다며 훈계를 하는데 갑자기 나도 똑같은 일을 당한 적이 있어서 그렇게 말할 자격이 없다는 생각이 들었다.

  나는 수원 가톨릭 대학교에서 학부 4년을 마쳤는데, 기말고사 시험 기간 중에 미리 공부하지 못한 과목을 시험에 임박해서야 몰아서 공부한 적이 있었다. 방에서 공부를 하다가 집중이 되지 않아 야외에서 공부를 하기로 마음먹고 야산에 풀어놓은 염소 옆에서 강의록을 읽기 시작하였다. 시원한 바람을 맞으며 공부를 하니, 집중이 잘되었다. 염소들은 공부하고 있는 내 곁에서 한가로이 풀을 뜯고 있었다. 그렇게 좋은 환경에서 책을 읽고 있는데, 수도원 거실에 있는 전화벨이 요란하게 울렸다. 나는 강의록을 놔두고 얼른 달려가 전화를 받았다. 한참 전화 통화를 하고 나서 다시 공부하던 장소로 돌아온 나는 화들짝 놀랐다. 염소들이 내가 보고 있던 강의록을 뜯어먹고 있었다. 얼른 염소들을 쫓아내고 강의록을 집어 들었다. 다행히 모조리 먹어 치우지는 않아서 뒷부분만 뜯겨나갔다. 짜증이 났지만 어쩔 수 없는 노릇이었다.

그렇게 찢겨져 나간 부분을 빼고는 강의록을 모두 읽고 다음 날 시험을 보러 갔다. 교수님께서 세 문제를 내셨는데, 하필 마지막 문제가 염소들이 먹어 치운 부분에서 나왔다. 내용을 읽어보지 못했으니 대충 답안지를 작성할 수밖에 없었다. 울상이 되어 수도원으로 돌아온 나는 염소들에게 화풀이를 하였다. 애꿎은 염소들을 회초리로 응징하였다. 그 모습을 본 원장 신부님이 왜 염소를 때리느냐고 물으시기에 자초지종을 말씀드렸더니, 시험공부 미리 안 한 내 잘못을 염소들에게 뒤집어씌운다며 나를 혼내셨다. 이래저래 일진이 매우 안 좋은 날이었다. 무엇이든 미리미리 준비하는 습관을 들여야겠다.

물조심

날이 많이 더워졌다. 시원한 바닷물에 뛰어들고 싶다.

나는 어릴 때부터 물을 좋아해서 강이며 바다며 수영장에서 물놀이하는 것을 좋아했다. 헤엄도 제법 친다. 정식으로 수영을 배운 적은 없지만 아주 어릴 때부터 동네 아이들과 강이며 바다에서 물놀이를 하다 보니 자연스럽게 터득한 것이다. 그래서 수영을 한다기보다는 헤엄을 친다는 표현이 더 맞을 것 같다. 자유형, 배영, 접영 이런 것들은 잘 모른다. 그저 이래저래 희한한 동작으로 물살을 가른다. 자맥질도 곧잘 한다. 하지만 물놀이를 할 때는 늘 겸손해야 한다. 헤엄 좀 친다고 해서 겁 없이 놀다가는 큰 봉변을 당할 수도 있다.

수도원에서 수사님들과 함께 물놀이를 갔다가 큰일을 당할 뻔한 적이 여러 번 있었다. 한번은 수사님들과 함께 바닷가에 놀러 가서는 작은 바위섬 사이를 왔다 갔다 하며 놀고 있었다. 한 수사님은 수영을 잘 못해서 바위 위에 앉아 있기만 했다. 수영 좀 한다는 수사님들이 가까운 거리니까 한번 와보라고 자극하기 시작했다. 수영 잘 못하는 그 수사님은 자존심이 상했던지 풍덩 물에 뛰어들어 우리 쪽으로 다가오다가 그만 물속으로 가라앉고 말았다. 화들짝 놀란 나는 얼른 그 수사님을 구해서 바위 위로 올려드렸다. 죽을 뻔한 수사님이 하시는 말씀. "아이고, 바다는 수영장하고 다르네. 발이 땅에 안 닿으니까 그냥 빠지네. 죽을 뻔했다."

또 한번은 바다에서 여럿이 튜브를 타고 놀던 중에 수영을 잘 못하는 수사님이 시야에서 사라졌다. 그 수사님은 자기 튜브를 탄 채 멀리 바다 쪽으로 나가고 있었다. 잠시 후 수상 안전 요원이 다가가 보트에 그 수사님을 매달고 해안가로 나가는 것이 보였다. 우리는 그 수사님이 혼자 조용히 튜브에 의지한 채 물놀이를 즐기다가 지나가는 수상 안전 요원의 보트에 타보고 싶어서 그런 줄 알았는데, 그게 아니었다. 튜브를 타고 나간 수사님이 하시는 말씀. "아이고, 튜브가 조류에 떠밀려서 계속 바다 쪽으로 떠내려가기에 지나가는 수상 안전 요원에게 살려달라고 외쳐서 끌려나왔어. 죽을 뻔했다." 물놀이할 땐 늘 겸손하고 조심해야겠다. 오래 살려면.

하늘과 땅은 사라질지라도 내 말은 결코 사라지지 않을 것이다.

루카 21, 33

밀월여행

수도원에서는 회원들에게 개인 휴가와 공동 휴가를 준다. 수련기에 있는 형제들에게는 휴가가 주어지지 않지만 그 외에는 일 년에 개인 휴가 일주일, 공동 휴가 일주일을 얻을 수 있다. 개인 휴가는 각자 가고 싶은 곳으로 가거나 볼일이 있을 때 신청해서 가면 되고, 공동 휴가는 그룹별로 장소를 정해서 함께 움직이는데, 봉사할 곳이 있으면 찾아가서 일을 도와주며 일주일간 지내다 온다.

개인 휴가를 갈 때에는 목적지를 공동체에 알려주고 떠나야 한다. 혹시라도 예상치 못한 일이 닥쳤을 때 수도원에서 행선지를 알고 있어야 대처할 수 있기 때문이다. 수사님들이 개인 휴가를 갈 때에는 대부분 본가로 간다. 오래간만에 가족들을 만나 이런저런 이야기도 나누고 푹 쉬었다 온다. 하지만 부모님이 돌아가신 수사님이나 딱히 갈 곳이 없는 수사님들은 마음이 맞는 수사님과 함께 가고 싶은 곳에 찾아가 놀다 온다. 하지만 개인 휴가를 가더라도 해외로 여행을 가는 것은 쉽게 허락해주지 않는다. 이유는 여러 가지다. 수도자들이 해외여행을 간다는 것이 청빈 정신에 부합하지 않는다는 것, 혹시라도 문제가 생겼을 때 공동체에서 대처하기가 어렵다는 것, 그리고 좀 우스운 이유지만 말도 통하지 않는 곳에 가서 행여 미아가 되면 어쩌나 하는 이유가 그것이다.

그런데 어느 날 함께 지내는 수사님이 텔레비전 홈쇼핑을 시청하다가 중국 장가계 여행 상품을 보고는 나와 함께 가자고 하셨다. 나는 해외여행 가려면 돈도 많아야 하고 또 수도원에서 허락해줄 것 같지 않은데 어떻게 갈 수 있겠느냐며 거절했다. 하지만 그 수사님은 홈쇼핑에서 홍보하는 장가계 패키지여행 상품은 비용이 엄청 싸다고 했다. 또 수도원에는 그냥 국내 여행 간다고 뻥을 치자고 하셨다. 나는 수사님의 현란한 설득에 결국 넘어갔다. 수도원에는 전라도 장수로 간다고 둘러대고 드디어 신나게 장가계 패키지여행을 떠났다. 함께 떠나는 여행객들이 남자 둘이 온 것을 보고 어떤 관계냐고 꼬치꼬치 물어보는 것이 귀찮았지만 싼 값에 여행을 왔으니 그것 또한 대충 둘러대고 여기저기를 관광하였다.

드디어 여행의 가장 하이라이트인 장가계에 도착하였다. 우리 둘은 눈이 휘둥그레졌다. 정말 멋있었다. 그 수사님과 나는 연신 사진을 찍어댔다. 둘이 무슨 연인처럼 셀카도 많이 찍었다.

그런데 그날 저녁 호텔에서 사진을 정리하던 수사님이 갑자기 큰일 났다며 비명을 질렀다. 이유인즉, 사진을 정리하면서 아는 지인들에게 사진을 전송하다가 그만 수도원 단체 톡방에 그 사진을 전송해버린 것이었다. 단체방에는 수사님들의 비난이 쏟아졌다. 거기가 장가계이지 장수냐며. 한국으로 돌아온 우리는 엄청 혼이 나고 결국 고백 성사를 보러 갔다. 밀월여행의 끝이 너무 비극적이었다.

휴가 시간표

더워도 너무 덥다. 이럴 땐 시원한 계곡이나 바닷가에 가서 물속에 잠기는 게 최고다. 휴가 생각이 간절해서 도대체 공동체 휴가가 언제인지 궁금하던 차에 수도원 원장님이 각 그룹별로 공동체 휴가 날짜를 알려주신다. 종신서원자들은 일주일간 주문진에 있는 수도원 피정의 집으로 떠나는 것으로 결정되었다.

수사님들은 공동체 휴가를 앞두고 벌써부터 이것저것 준비하기 시작한다. 물놀이 도구와 미사 도구도 챙기고 자전거도 실어갈 생각이다. 단체 준비물을 다 챙긴 뒤 개인 준비물은 각자 필요한 대로 슬리퍼도 챙기고, 모자도 챙기고, 어쩌다 바르는 선크림도 챙겨본다. 사실 여행이라는 것이 가서 노는 것도 재미있지만 여행을 떠나기 전에 준비하는 재미도 있는 것이다.

그렇게 모두 설레는 마음으로 짐들을 챙기고 드디어 차에 올라

주문진으로 향한다. 음악도 신나게 틀어놓고, 가는 길에 휴게소에 들러 그렇게들 좋아하는 핫도그도 하나씩 입에 물고 간다. 새벽같이 출발한 덕분에 주문진에는 점심 전에 다다를 수 있었다. 챙겨간 짐들을 차에서 꺼내 방으로 옮기는데 짐이 제법 많다. 어지간하면 현지에서 구입해도 될 것들도 바리바리 싸들고 오는 바람에 잡다한 짐이 꽤 많다.

그렇게 땀을 뻘뻘 흘리며 짐을 다 옮기고 방을 배정받고 나니 배에서 꼬르륵 소리가 난다. 점심시간이 꽤 지났다. 우리는 가까운 식당에 가서 점심을 먹고 다시 숙소로 돌아와 짐을 정리하였다. 성격급한 수사님은 짐도 다 풀지 않았는데 벌써 수영복 차림에 밀짚모자를 쓰고 있다. 얼굴엔 다 스며들지도 않은 선크림이 허옇게 묻어 있는 채로 나갈 채비를 한다.

그때 책임자 수사님께서 짐은 대충 정리가 되었으니, 공동체 휴가 시간표를 짜야 한단다. 개인 휴가가 아니고 단체로 온 휴가이니 시간표가 있어야 한다는 것이다. 그것도 틀린 말은 아니다. 개인 휴가를 왔으면 알아서 쉬면 되지만 이 여행은 단체 여행이니 아무래도 시간표대로 움직이는 것이 좋겠다는 생각이 들었다.

수사님들은 다 함께 모여 머리를 맞대고 시간표 작성에 몰입하였다. 몇 시에 기상해서 몇 시에 미사를 할 것이며 아침 식사는 언제, 점심 식사는 몇 시, 저녁 기도는 또 몇 시에 할 것인지 토론이 시작되었다. 우리 수사님들은 늘 그렇지만 회의가 시작되면 다들 진짜 진지해지고 의견들도 다양하다. 그래서 몇 시에 기상할 것인지에서

부터 시작하여 매일의 행선지를 산으로 할 것인지 바다로 할 것인지 정하는 것에 이르기까지 정말 다양한 의견들이 쏟아진다. 그렇게 합의점을 찾지 못해 시간이 계속 흐르자 참다못한 한 수사님은 왜 이렇게 휴가까지 와서 시간표를 짜야 하느냐며 항의하기도 한다. 그러다 보니 어느새 저녁 먹을 시간이 다 되었다. 식사 당번은 어떻게 짤 것인지 또 이야기를 해보자는데……. 도대체 바닷물에는 언제 들어갈 건지 궁금해진다.

레드와인 염색

나는 한 달에 한 번 이발소에 간다. 어떤 수사님은 수도원 정문 바로 앞에 있는 미용실에 가서 커트를 하지만 나는 조금 걸어가더라도 미용실 대신 이발소로 향한다. 이발소를 애용하다가 처음으로 미용실에 갔을 때 너무 어색했던 기억이 나서 이발소를 더 즐긴다. 미용실에 가면 순서를 기다리느라 아주머니들 사이에 앉아 있는 것도 어색하고, 커트를 한 후에 누워서 머리를 감게 되는데 그것도 어색하다. 그리고 내가 보기에는 이발소에서 커트를 했을 때와 미용실에서 했을 때의 결과도 다르다. 이발소에서 커트를 하는 것이 더 마음에 든다. 물론 미용실에서 커트를 잘 못한다는 말은 아니다. 단지 오랫동안 이발소 스타일에 익숙해져서 그런 것 같다. 어쨌든 나는 미용실보다는 남성 전용 이발소에 가는 것이 마음 편하다.

그런데 언젠가 원하지도 않는데 미용실에 강제로 끌려간 적이 있었다. 동창 신부 성당에 놀러 갔을 때였다. 동창 신부가 헤어컷을 하러 간다며 같이 가자고 하였다. 나도 이발소에 안 간 지 제법 되어 머리카락이 길었기 때문에 흔쾌히 따라 나섰다. 그런데 그 친구가 찾아간 곳이 미용실이었다. 내가 이발소로 가자고 했더니 미용실에서도 남성 헤어컷을 해주니까 구시렁거리지 말고 들어오란다.

어쩔 수 없이 따라 들어간 미용실의 주인아주머니는 신부님을 엄청 반겨주셨다. 알고 보니 본당 신자가 운영하는 미용실이었다. 규모도 제법 컸다. 친구 신부님과 나는 동시에 커트를 하게 되었다. 친구 신부님은 원장님이, 나는 직원분이 담당하셨다. 혼자라면 결코 오지 않았을 미용실이지만 친구 신부님과 함께 오니 마음의 부담감이 훨씬 덜하였다.

그렇게 헤어컷이 끝나고 불편한 자세로 머리를 감은 후에 나가려고 하는데 다시 자리에 앉으란다. 그러더니 갑자기 염색을 해주시겠단다. 나는 한사코 거절하였다. 불편한 미용실을 얼른 나가고 싶은 마음이 굴뚝같은데, 염색까지 해야 한다니! 하지만 친구 신부님이 일단 예약을 했으니 부담 갖지 말고 염색까지 하라고 하신다. 하는 수 없이 염색을 당하고 거울을 본 순간 나는 너무나 당황하였다. 내 머리카락이 붉게 물들어 있었다. 레드와인 컬러라고 하신다. 내이럴 줄 알았다면 커트만 하고 도망칠 것을 그랬다.

그 후 한동안 나는 모자를 쓰고 다녔다. 남들이 보면 허구한 날 레드와인을 마셔서 머리카락마저 레드와인 컬러로 물들어버렸다고 생각할까 봐 신경이 쓰였다.

서로 뜻을 같이하십시오.
오만한 생각을 버리고 비천한 이들과 어울리십시오.
스스로 슬기롭다고 여기지 마십시오.

로마 12, 16

입을 오래 가셨네

수도원 근처에 오래된 부대찌개 집이 있다. 부대찌개를 워낙 좋아하는 수사님이 계셔서 원장 수사님을 꼬드겨 가끔 그 식당에 가서 외식을 한다. 기본적으로 나오는 재료 외에 라면 사리나 특별한 재료를 추가로 더해 먹는 재미가 쏠쏠하다. 그리고 찌개 음식에 절대로 빠지면 안 될 것 같은 소주도 곁들인다. 술이 한 잔 두 잔 들어가니 기분도 좋아지고 덩달아 수다도 길어진다.

그렇게 기분 좋게 부대찌개 만찬을 마치고 수도원으로 들어가는데, 왠지 섭섭함과 아쉬움을 느낀 부대찌개 애호가 수사님이 맥주로 입가심을 하고 들어가자며 원장 수사님을 꼬드긴다. 하지만 원장 수사님은 피곤해서 먼저 들어가겠다고 하시고 원하는 사람은 입가심으로 맥주를 더 마시고 오라고 허락해주셨다. 아마도 원장 수사님께서 우리끼리 편하게 이런저런 이야기를 나누고 들어오라고 배려해주신 것 같다. 원장님 안 계신 데서 원장님 험담을 할 것을 예견이라도 한 듯 말이다. 하긴 술자리에서 먼저 일어나 떠난 사람 흉보는 것은 뻔한 일이기도 하다. 그래서 나는 절대 술자리에서 먼저 일어나지 않고 끝까지 버틴다.

어찌되었든 그렇게 원장님을 제외한 수사님들이 생맥주 집으로 향하였다. 시원한 생맥주를 마시며 못 다한 수다도 이어가는데, 대화의 내용은 뻔하다. 온통 수도원 이야기, 원장 수사님 이야기다. 생맥주 잔은 점점 늘어가고 얼굴은 원숭이마냥 빨갛게 변해간다. 시간도 늦었고 돈도 다 떨어져서 그만 자리를 박차고 나오는데, 술이 좀 과했는지 어지러웠다.

다음 날 아침, 기도 시간에 늦게 내려온 수사님들은 죄다 지난밤의 그 패들이었다. 숙취 때문에 두 눈가엔 다크 서클이 진하게 패였고 아침 식사도 하는 둥 마는 둥이었다. 그 모습을 본 원장 수사님께서는 어젯밤에 얼마나 마셨기에 다들 이렇게 정신을 못 차리느냐고 꾸중하셨다. 우리는 "잠깐 입가심으로 맥주 한잔 하고 왔습니다."라고 변명을 하는데, 원장 수사님께서 웃으시며 받아치신다. "입가심으로 맥주 마셨는데 이렇게 됐다구요? 다들 입을 오래 가셨네요?"

당황하셨어요?

나는 수도원 신부라서 보통은 수도원 안에서 미사를 하는데 가끔 교구에서 요청이 오면 신자들을 대상으로 미사를 하거나 특강을 하게 되는 경우가 있다.

한번은 어떤 본당에서 레지오 마리애 단원들 교육을 부탁해서 가게 되었다. 레지오 단원의 정체성과 의무에 대해서 설명하고 성모님의 영성에 대해서도 함께 묵상하는 시간을 가졌다. 강의가 끝난 뒤 본당 신부님께서 레지오 단원들에게 강의 내용에 대해서 궁금한 것이 있으면 무엇이든지 좋으니 강사 신부님께 질문하라고 하셨다. 어떤 질문이 나올지 모르기 때문에 나는 살짝 긴장되었다.

이런저런 질문이 나왔는데, 그중에서 두 가지 질문은 어렵지 않으면서도 나를 당황하게 만들었다. 첫 번째 질문은 손상된 묵주에 관한 것이었다. 집에서 키우는 강아지가 그만 묵주를 마구 썹어서 망가뜨렸는데, 그 묵주를 어떻게 해야 하는지에 대한 질문이었다. 나는 수리를 할 수 있으면 고쳐서 쓰고 수리를 할 수 없는 지경이면 땅에 묻으라고 했다. 그랬더니 이어지는 질문이, 그렇다면 그 묵주를 망가뜨린 강아지는 하느님께 벌을 받느냐는 것이었다. 주위에서 웃음이 터져 나왔지만 나는 진지한 말투로 강아지가 모르고 그런 것이니 벌 받을 일은 없다고 대답해주었다. 질문자는 정말 다행이라는 듯 답에 만족하며 자리에 앉았다.

두 번째 질문은 레지오 협조단원에 관한 것이었다. 아직 정식 레지오 단원은 아니고 협조단원을 해달라는 부탁을 받아서 레지오를 시작했는데 너무 힘들어서 그만두고 싶다는 내용이었다. 나는 협조단원은 레지오 정단원을 위해 성모님께 하루에 한 번 까떼나를 바치면 되는 것이기 때문에 별로 힘들지 않으니 계속 하라고 말씀드렸다. 하지만 질문자는 본인이 새벽에 일어나서 그 기도문을 바치는 것이 쉽지 않아서 못하겠단다. 나는 그 기도문을 왜 새벽에 바치시냐고 물었다. 그분의 대답. "신부님, 그 기도문 안 바쳐보셨어요? 기도문에 보면 먼동이 트일 때 나타나고, 라고 되어 있어요. 그래서 동이 틀 때 바치는 것 아닌가요?"

주차장 찾아 삼만 리

피서철이 되면 유명 피서지에서는 종종 바가지요금으로 피서객과 현지 상인들 사이에 얼굴을 붉히는 경우가 있다. 지금은 예전보다 그런 일이 줄어든 것 같기는 하지만 여전히 크고 작은 다툼이 생기는 것 같다.

　오래전 그룹별로 휴가를 갔을 때의 일이다. 담당 신부님과 유기서원자들이 신나는 마음으로 승합차를 몰고 주문진 수도원으로 여름휴가를 떠났다. 담당 신부님께서는 근검절약의 최고봉으로서 돈을 허투루 쓰지 않으시는 분이시라 이것저것 수도원에서 다 챙겨 가신다. 현지에서 빌리거나 필요하면 살 수 있는 것들도 모두 수도원에서 챙겨 가신다. 어려운 가운데서도 수도원을 도와주시는 분들을 생각하면 돈을 함부로 쓸 수 없다는 것이 신부님의 지론이다. 그래서 바다를 좋아하시는 그 신부님은 해수욕장에 가서 오래 있을지라도 결코 파라솔을 빌리거나 돗자리를 대여하지 않으신다. 가지고 간 침대 시트를 깔고 수건으로 얼굴을 가리며 쉴지라도 결코 그늘을 마련하기 위해 돈을 쓰는 경우는 없다. 심지어 샤워를 하는 곳에서 돈을 받는 경우에는 씻지도 않고 수도원에 와서 샤워를 하신다. 그렇게 철저하게 돈을 아끼는 신부님을 따라 해수욕장으로 출발하였다.

그런데 첫 번째로 도착한 해수욕장에서 주차비를 받으려고 하자 신부님께서는 주차비가 아깝다며 다른 해수욕장으로 이동하자고 하셨다. 한참을 달려 다른 해수욕장에 도착했다. 그런데 그 해수욕장에서도 주차비를 받는 것이었다. 신부님은 주차비를 왜 내야 하느냐며 따지는데 해수욕장 측에서는 주차장에 주차를 하면 당연히 주차비를 내야 한다며 막무가내였다.

하는 수 없이 신부님은 주차장이 아닌 폐업한 대형 마트 주차장으로 차를 옮기셨다. 그랬더니 어디선가 청년 한 사람이 오더니 주차비를 달라는 것이었다. 적은 금액도 아닌, 꽤 비싼 주차비를 요구하자 신부님은 주차장도 아닌데 왜 주차비를 받느냐며 또 따지셨다. 그 청년은 이 부지를 자기네가 여름 피서철에 임대했기 때문이란다. 화가 난 신부님은 이 부지 임대했다는 서류를 보여달라고 하셨다. 우리는 그냥 대충 돈을 주고 주차를 했으면 좋겠다고 했지만 신부님은 물러서지 않으셨다. 어쨌든 그 청년은 별 희한한 사람 다 보겠다며 주차비를 받지 않았다. 결론적으로 그 신부님이 승리했고 우리는 무료로 주차를 할 수 있었다. 신부님이 근검절약의 우두머리임이 다시 한 번 확인되는 순간이었다.

인기 짱 한국 신부

수도원에서는 미사 주례 당번을 정해서 사제들이 순번대로 미사를 봉헌한다. 본원에는 사제들이 많은 덕에 다양한 강론을 들을 수 있어서 좋다. 미사가 끝나면 가끔은 수사님들이 강론에 대해서 피드백을 해준다. 강론이 좋았다고 칭찬을 들으면 아무래도 기분이 좋다. 그래서 강론을 잘하려고 노력한다. 하지만 잘하려고 노력하다가 너무 길게 하게 되는 날이면 수사님들 표정이 좋지 않다. 과유불급이다. 적당히 해야지 너무 과해서 시간을 넘기면 욕을 먹게 된다. 가장 짧은 강론이 가장 좋은 강론이라는 말이 맞는 것 같다.

미국 수도원에서 겪은 일이다. 미국 수도원에 도착한 지 채 일주일도 지나지 않아 원장 신부님께서 주일 미사 주례 당번표에 내 이름을 올려놓았다. 나는 원장 신부님께 찾아가서 아직 언어도 충분히 익히지 않았는데, 주일 미사를 주례하는 것은 무리라고 말씀드렸다. 원장 신부님께서 미사 경문은 읽을 수 있느냐며 물어보시기에 미사 경문은 영어로 읽을 수 있지만 강론은 아무래도 힘들 것 같다고 말씀드렸다. 원장 신부님은 강론은 짧게 해도 좋으니 미리 짧게라도 원고를 써서 읽으면 된다고 하셨다. 나는 하는 수 없이 순명하는 차원에서 미사 주례를 맡게 되었다.

역시나 강론 원고를 쓰는 것이 너무 어려웠다. 강론 내용은 내가 묵상한 것이라서 어렵지 않은데 이 내용을 영어로 표현하자니 쉽지 않았다. 어쨌든 내가 표현할 수 있는 대로 정성을 다해 원고를 써 내려가는데, 결국 열 문장을 넘기지 못했다. 원장 신부님께 강론 원고가 문법에 맞게 표현됐는지, 의미는 통하는지 검사를 받고 주일 미사를 봉헌하였다.

미사는 주일 미사인데도 강론 내용이 길지 않아 30분 만에 끝났다. 수도원 주일 미사에 참례한 신자들은 미사가 너무 좋았다며 처음 본 한국 신부를 반갑게 맞아주었다. 그런데 정말 희한하게도 그 다음부터 수도원에서 내가 주일 미사를 집전하는 날이면 성당이 꽉 차게 되었다. 내가 강론을 잘해서가 아니라 주일 미사가 일찍 끝난 덕에 가장 인기 있는 미사가 된 것이다. 그뿐 아니라 미사가 끝나고 고해 성사 보려고 온 사람들도 꽤 많았다. 내가 영어가 짧아서 꼬치꼬치 캐묻지 않고 사죄경을 주어서 그런 것 같았다. 언어 능력 문제이긴 했지만 어쨌든 짧은 강론과 묻지도 따지지도 않는 고해 성사가 나를 인기 짱 신부로 만든 것 같다.

무선 마이크 사태

수도원 성당은 음향 시설이 아주 잘 되어 있다. 사제들의 강론이 명확하게 전달되어야 하기 때문에 마이크뿐만 아니라 스피커도 성능이 좋은 것으로 설치해놓았다. 그렇지 않으면 소리가 울리거나 지지직거려 강론을 듣는 내내 신경이 거슬리기 때문이다.

지금 수도원 성당에는 제대 위에 올려놓고 쓰는 납작한 마이크가 있는데 정말 기능이 뛰어나다. 스탠드 마이크처럼 입을 가까이 갖다 댈 필요도 없고 시야도 가리지 않는다. 한때는 무선 마이크라고 해서 송신기는 허리춤에 차고 마이크는 웃옷에 집게로 고정시켜 편하게 썼던 적도 있었다. 그런데 이 무선 마이크 때문에 웃지 못할 일이 생겨서 지금의 마이크로 바꾸었다.

그 웃지 못할 일이란 다름이 아니라, 한 신부님께서 미사 도중에 갑자기 배가 뒤틀려 화장실에 급히 가야 할 일이 생긴 것이다. 독서

낭독이 끝난 후 그날 복음을 빛의 속도로 읽고 나서 수사님들이 말씀을 묵상하는 시간에 신부님은 화장실로 뛰어갔다. 제의를 입은 채 말이다. 그런데 워낙 급히 화장실로 뛰어가느라 신부님은 그만 무선 마이크의 송신기 끄는 것을 잊어버렸다. 조용히 묵상을 하고 있는 가운데 성당 스피커에서는 우당탕 문 여닫는 소리가 들리더니 마이크가 옷감에 스치는 소리가 요란하게 들렸다. 곧이어 신부님의 목소리가 울려나왔다. "아따, 큰일 날 뻔했네. 옷에 쌀 뻔했어." 그러더니 푸다닥 푸다닥 요란한 소리가 나기 시작했다.

성당에 있는 모든 수사님들이 웃음을 참지 못하고 낄낄대고 있는데, 원장 수사님께서 급히 화장실로 뛰어가서는 볼일을 보고 있는 신부님께 소리쳤다. 무선 마이크를 통해 들려오는 원장 수사님의 말씀. "신부님, 마이크는 끄고 볼일을 보셔야죠! 얼른 마이크 끄세요!"

흠 없이 걷는 사람은 의로운 이!
행복하여라, 그의 뒤를 잇는 자손들!

잠언 20, 7

신부 생활 : 마조리노 신부의 수도원 일기

2022년 12월 22일 교회 인가
초판 1쇄 발행일 2022년 9월 30일
초판 3쇄 발행일 2023년 10월 30일

지은이 안성철

발행인 윤호권
사업총괄 정유한

편집 이양훈 **디자인** 정연화
발행처 ㈜시공사 **주소** 서울시 성동구 상원1길 22, 6-8층(우편번호 04779)
대표전화 02-3486-6877 **팩스(주문)** 02-585-1755
홈페이지 www.sigongsa.com / www.sigongjunior.com

글 ⓒ 안성철, 2022

ISBN 979-11-6925-123-5 03810

*시공사는 시공간을 넘는 무한한 콘텐츠 세상을 만듭니다.
*시공사는 더 나은 내일을 함께 만들 여러분의 소중한 의견을 기다립니다.
*잘못 만들어진 책은 구입하신 곳에서 바꾸어 드립니다.

WEPUB 원스톱 출판 투고 플랫폼 '위펍' _wepub.kr
위펍은 다양한 콘텐츠 발굴과 확장의 기회를 높여주는
시공사의 출판IP 투고·매칭 플랫폼입니다.